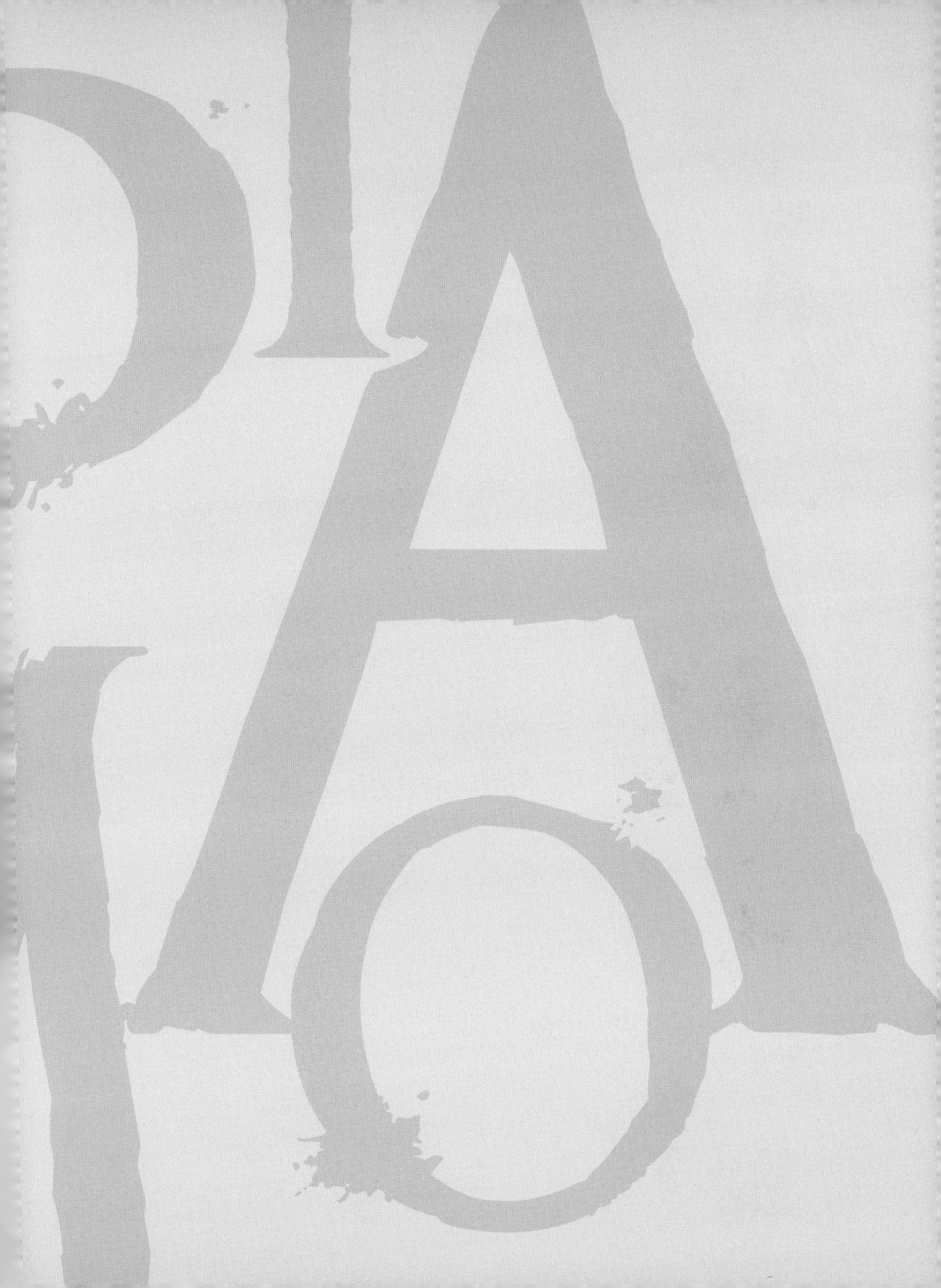

Lampião
na
cabeça

Luciana Sandroni

André Neves
Ilustrações

ROCCO
JOVENS LEITORES

Copyright texto © 2010 *by* Luciana Sandroni

Direitos desta edição reservados à
EDITORA ROCCO LTDA.
Av. Presidente Wilson, 231 – 8º andar
20030-021 – Rio de Janeiro – RJ
Tel.: (21) 3525-2000 – Fax: (21) 3525-2001

Printed in Brazil/Impresso no Brasil

preparação de originais
VANISE GOMES DE MEDEIROS

revisão técnica
LAINISTER DE OLIVEIRA ESTEVES

projeto gráfico
ANDRÉ NEVES

CIP-Brasil. Catalogação na fonte.
Sindicato Nacional dos Editores de Livros, RJ.

S21l   Sandroni, Luciana, 1962-
Lampião na cabeça / Luciana Sandroni – ilustrações de André Neves
Rio de Janeiro: Rocco Jovens Leitores, 2010. – il.
Primeira edição – ISBN 978-85-7980-017-7
I. Literatura infantojuvenil brasileira. I. Título.
10-0959   CDD – 028.5   CDU – 087.5

O texto deste livro obedece às normas do Acordo Ortográfico da Língua Portuguesa.

Impressão e acabamento: Prol Gráfica.

Lampião na cabeça

LAMPIÃO NA CABEÇA

OU

LAMPIÃO NÃO DÁ ENTREVISTAS

OU

QUE PIRAÇÃO É ESSA?

OU

O CANGAÇO ACABOU

OU

NO COMEÇO TUDO ERAM FLORES

OU

LAMPIÃO E SEUS IRMÃOS

OU

DESISTI DE LAMPIÃO

OU

ESSE CANGACEIRO NÃO SAI DA MINHA CABEÇA

OU

LAMPIÃO NÃO MORA MAIS AQUI

OU

ERA FREI CANECA

CAPÍTULO 1

PARECE LOUCURA MAS TEM UMA ARMA APONTADA PARA MINHA CABEÇA! FOI EU ME VIRAR UM INSTANTINHO PARA PEGAR UMA TORRADA E OLHA AÍ: EU, DE CAMISOLA, TOMANDO CAFÉ COM UMA ARMA APONTADA PARA MIM! MAS SERÁ QUE TEM MESMO? ULTIMAMENTE NÃO ANDO MUITO BEM DA CABEÇA. SERÁ QUE ESTOU DORMINDO? TALVEZ SONHANDO? ESPERA AÍ, VAMOS COMEÇAR PELO COMEÇO, QUAL FOI A ÚLTIMA VEZ QUE DEI POR MIM ANTES DE ME DEPARAR COM ESSE CANGACEIRO MAL ENCARADO APONTANDO ESSA ARMA PARA MIM? CANGACEIRO?! EU DISSE CANGACEIRO?!

Mas espera aí, o cangaço acabou há muito tempo! Lampião e Maria Bonita morreram em 1938. Então como pode ter um cangaceiro aqui na minha casa?! Meu Deus, não pode ser! Parece Lampião! Virgulino Ferreira da Silva, vulgo Lampião! Socorro!! Ele voltou! Calma, calma, nada de pânico. É só imaginação minha. Eu já devia estar acostumada com isso porque, desde que recebi a encomenda da editora para escrever um livro sobre Lampião para crianças, comecei a imaginar Virgulino por toda parte! Em casa, no supermercado, nas escolas, no metrô, no ônibus. Mas hoje parece mais real que nunca; eu poderia jurar que Lampião está aqui na minha frente! Mas como? Lampião morreu no dia 28 de julho de 1938!

Vamos começar pelo começo de novo: ontem, antes de dormir eu estava... O que eu estava fazendo mesmo? Já sei! Antes de dormir eu via o sangue jorrar na TV, posta em sossego, afundada no meu sofá: sim, sim, agora me lembro: Lampião segurando uma arma com seus dedos cheios de anéis — o verdadeiro senhor dos anéis — a mão no gatilho, as cabeças, os tiros, o sangue jorrando e caindo no meio da sala, sujando o tapete. A repórter da TV falava com um sotaque nordestino carregado:

"Os cangaceiros de Lampião invadiram a cidade de Queimadas no interior do estado da Bahia. Os moradores comentaram que eles foram confundidos com as volantes, tropas de policiais móveis, e cercaram facilmente a estação ferroviária, o telégrafo e a delegacia. Lampião prendeu sete soldados na cadeia e arrecadou 23 contos de réis dos cidadãos mais ricos da cidade. No final do dia, o Governador do Sertão matou friamente os sete soldados em frente à delegacia com dois tiros na cabeça de cada um. A população clamou por misericórdia, e Lampião poupou o sargento Evaristo e parou com a matança. À noite, eles jantaram no hotel, assistiram a um filme e depois promoveram um baile..."

A repórter interrompeu a locução quando percebeu que os cangaceiros levantavam acampamento e, destemida, saiu correndo para entrevistar Lampião:

"Seu Virgulino! Seu Virgulino! Por favor! Um depoimento! Isso foi vingança ou só mais um saque?"

Mas Lampião já ia longe. A repórter, decepcionada, disse para os telespectadores:

"E o herói-bandido, como sempre, escapou e não deu entrevistas. Maria Aparecida, da cidade de Queimadas, na Bahia."

Desliguei a televisão e pensei com os meus botões: mas, vem cá, que piração é essa? Esse ataque em Queimadas aconteceu em 1929! Como os cangaceiros poderiam estar saqueando hoje uma cidade no interior da Bahia?! O cangaço acabou. O cangaço acabou. Tenho que decorar isso. Por mais que eu veja na TV ou leia nos jornais que os cangaceiros voltaram, não estou vendo ou lendo nada disso porque o cangaço já acabou.

Mas voltando à vaca fria: tem um cangaceiro apontando uma arma para mim ou não tem? Tem. Não há dúvidas. E é realmente um cara muito parecido com Lampião. Um homem imponente, atrás dos óculos redondos, com cara de poucos amigos, usando roupas de cangaceiro, as cartucheiras se cruzando no peito, a famosa faca com o cabo de prata enfiada no cinto, chapéu de couro com a aba virada para cima cheia de enfeites, testeira enfeitada com moedas de ouro, cabelo comprido até os ombros, o olho direito caído, meio vesgo e um cheiro de perfume enjoado até dizer chega. Mas o que Lampião estaria fazendo aqui na minha casa?! Na minha cozinha?! É imaginação minha. Só pode ser. Quantas vezes tenho que repetir: Lampião e Maria Bonita morreram na Grota dos Angicos, no estado de Sergipe, divisa com Alagoas, no dia 28 de julho de 1938, e depois foram degolados e suas cabeças foram mandadas para... De repente o homem encostou a arma na minha cabeça com força e disse com uma voz firme: A senhora vai escrever ou vai carecer de eu apertar o gatilho?! Tremi feito vara verde: o homem era real! Ele falava! Escrever?! Mas escrever o quê?! A minha história, diacho! Sua história?! Mas que história é essa, moço? Dona, a senhora num sabe que com Lampião não se brinca?! Lampião?! Mas o senhor não pode ser Lampião. Lampião morreu faz muito tempo. Oxente, mas a senhora num tá me reconhecendo mesmo não, é? Tanta fotografia minha por aí, nas mesas, nas paredes, até no teto tem retrato meu. É pra mode ter inspiração, é? A senhora não cansa de olhar eu, não? Tem até uma aqui nesse armário branco, disse pegando a foto da geladeira. Eu me arrecordo muito bem quando seu Benjamin Abrahão bateu essa fotografia. Aquele cabra tinha uma língua enrolada que só a peste. Pareço um galã de cinema, visse? Desculpe, moço, mas esse é Lampião, não é o senhor. O homem se irritou e encostou a arma com mais força ainda na minha cabeça: Uma coisa que eu não tolero é ser contrariado, num sabe? Eu sou Virgulino Ferreira da Silva, vulgo Lampião, Governador do Sertão, e eu quero a minha história! Calma, moço! Olha essa arma! Tá machucando! Calma nada! Eu tenho precisão da minha história! Se avexe, mulher! Os meninos estão tudo aperreado, carecendo de uma história minha! A senhora não se dá conta? Toda hora eles tão assuntando sobre eu e mais meu bando? Isso era verdade. Desde que comecei a pesquisar sobre Lampião, as crianças cismaram de me mandar mensagens perguntando coisas sobre a vida dos cangaceiros. Mas o homem continuava gritando no meu ouvido: A senhora é escrevedora ou não é?! Por que demora tanto pra escrever as palavras no papel? Nas pesquisas, até que a coisa ia bem, mas na hora de escrever parece que empacou, visse? A senhora fica aí nessa leseira e não escreve nada! Não, espera aí, alguma coisa eu já escrevi, só que... joguei fora. Arre, eu sei que coisa é essa. Sabe??! Como ele poderia saber? E ele disse na lata:

  `Virgulino nem sempre foi Virgulino. Ele virou Lampião.`

Arre égua! Tenha santa paciência! Isso tá muito peba. Tá muito ruim. A senhora tá é querendo confundir os meninos, visse? Assim eu mermo escrevo a minha história pra senhora, num sabe? Do jeito que tá escrito parece que são duas pessoas diferentes. Mas é que eu acho que... Se sou Virgulino também sou Lampião. Eu sei, mas é que... Então Corisco que também tinha apelido de Diabo Louro e se chamava Cristino era o quê? Três pessoas? Não, claro que não... Tudo quanto é cangaceiro meu eu ponho apelido: Jararaca, Meia-Volta, Juriti... Qualquer um entende esse negócio de apelido, mas a senhora, como todos esses escritorzinhos da cidade, vieram e trataram de confundir as ideias, né mermo? Esse "escritorzinhos" doeu nos ouvidos; mas, de repente, me toquei de uma coisa: como ele poderia saber que eu havia escrito aquela frase? Arre, como é que eu sei?! Então eu não sei lê?! A senhora esqueceu que eu aprendi as letras ainda menino? Fiquei indignada: Esquecer?! Eu?! Como assim?! Eu estudava a vida de Lampião havia mais de um ano. Lia livros, via filmes, pesquisava na internet, lia jornais e revistas na Biblioteca Nacional. Tinha tudo escrito na cabeça:

```
Virgulino Ferreira da Silva aprendeu a ler e a escre-
ver aos 10 anos de idade com um professor particular da
Ribeira, Domingos Soriano, não porque fosse rico, mas
porque naquela época não havia escolas fora da capital
e das cidades. A aula custava 10 tostões. Ele aprendeu a
ler pelo método da soletração no livro de Felisberto de
Carvalho.
```

Vixe Maria, mas a senhora sabe de tudo mermo! Eu num tinha tanto recordamento disso não, visse? Mas me diga uma coisa, dona Helena, se a senhora é tão entendida assim na minha pessoa, por que num põe logo as palavras no papel, assim, uma depois da outra, hein? Por que a senhora num conta logo a minha história pros meninos? Tá com medo de quê, dona Helena?

CAPÍTULO 2

NO COMEÇO TUDO ERAM FLORES. FLORES BORDADAS NOS EMBORNAIS, CANTIS, LUVAS E ALFORJES DOS CANGACEIROS, TUDO TINHA FLORES. QUANDO ADENTREI NO CENTRO CULTURAL DOS CORREIOS PARA VER A EXPOSIÇÃO DO "CANGAÇO", NA MOSTRA "BRASIL 500 ANOS", ALGUMA COISA ACONTECEU DENTRO DE MIM QUE NÃO ERA PARA ACONTECER. FIQUEI PERDIDA. ENTREI NA EXPOSIÇÃO ERRADA? NÃO. ERA ALI MESMO. NÃO ESTAVA PRONTA PARA VER AQUILO; UMA EXPLOSÃO DE CORES, ASSIM, DE REPENTE.

Que bordados estupendos! Que roupas lindas!

Era muita cor, muita beleza. Foi um susto. Depois senti uma alegria, um contentamento, uma felicidade, quase clandestina. A minha vontade era sentar e escrever o que aquelas bolsas me diziam. Ninguém suspeitava ver tanta beleza diante de uma época tão triste e sangrenta da nossa História. As luvas, os cantis, os embornais, cada peça mais linda do que a outra. Na verdade elas riam de nós, boquiabertos, espantados com a capacidade do homem se reinventar. Apesar da seca, da fome, da violência, os homens ainda se reinventam! Os cangaceiros eram outros. Eles tinham vida, ou pelo menos, nas roupas eles clamavam por vida. Fiquei tão encantada que nem notei a célebre foto das cabeças cortadas de Lampião, Maria Bonita e dos outros cangaceiros na escadaria da Prefeitura de Piranhas. As cabeças já estavam ali, me olhando, cínicas, como se dissessem: já, já, você vai chegar até nós, tolinha. Já, já, você vai ver o horror, a crueldade, a barbárie. Mas naquela época eu não tinha olhos para elas, só para os bordados coloridos criados pela cangaceira Dadá. Eles me pegaram pelo pé, ou melhor, pela cabeça. Não tinha mais jeito. Precisava escrever sobre aquilo. Às vezes uma ideia chega com tal força na nossa cabeça que parece que ela é que te escolheu e não o contrário. Como se a ideia tivesse vida própria, viesse do além, de algum lugar, para te agarrar e não largar mais.

Luciana Sandroni

CAPÍTULO 3

Daí começaram aquelas coisas que sempre acontecem com os escritores, mas que, na verdade, acontecem com todo mundo: as coincidências. Lampião estava por toda parte! Na TV, o Canal Brasil resolveu fazer uma semana dedicada ao cangaço. Foi um banho de Lampião, Maria Bonita, Corisco e Dadá. Vi desde *O Cangaceiro*, do Lima Barreto, *até Deus e o Diabo na Terra do Sol*, do Glauber Rocha. Além disso, vários livros foram publicados sobre Lampião, assim como matérias nos principais cadernos literários.

De repente os amigos cismaram em ir à Feira de São Cristóvão a toda hora, e dá-lhe forró, tapioca, carne seca com macaxeira e dá-lhe queijo-coalho. Parece que o Nordeste entrou na moda, não só na comida, mas nas roupas também. Um dia, vi na vitrine de uma loja, em Ipanema, uma blusa linda de linho branco com flores vermelhas bordadas. Era realmente linda. Não resisti. Comprei a blusa em não sei quantas vezes e pensei: vou usar no lançamento do livro. Mas que livro? Naquela época ainda não tinha nenhum propósito em escrever um livro sobre o cangaço; mas era como se o livro já estivesse dentro de mim. E aí, depois de uns meses, a maior de todas as coincidências: a minha editora me chamou para escrever um livro para crianças. Até aí tudo bem, escrevo biografias para crianças. Tenho uma coleção chamada Coisas nossas, mas só escrevo sobre artistas, músicos, compositores, pintores, poetas e aí, de repente, a Arlete, minha editora, me liga e diz:

— Helena, querida, precisamos fazer uma coleção de personagens históricos. A História está na moda. Pensei em começarmos com Lampião. O que você acha?

O que eu ia achar? Achei genial, maravilhoso, fantástico! Eu só lembrava dos bordados lindos da Dadá, e claro, pensava um pouco no Lampião também. Me deram um adiantamento e agora eu tinha que saber tudo sobre Virgulino Ferreira da Silva. E o que eu sabia? Sendo filha de um historiador — o famoso Marconi dos livros didáticos —, tendo cursado alguns períodos de História, tinha que saber alguma coisa. Ora, eu sabia o que todo mundo sabe; sabia que Lampião era um mito do Nordeste, um bandido popular, um justiceiro, admirado e respeitado pelo povo, que roubava dos ricos e dava para os pobres. Mas por que essa história de violência no sertão? Bom, por causa das secas terríveis e frequentes. O clima do sertão não é nada convidativo; nas secas, os rios viram imensas estradas de terra e o gado morre de fome e sede. A extrema miséria do povo contrastava com a riqueza dos coronéis, verdadeiros senhores feudais, e isso produziu uma situação social muito tensa. A ausência da lei e da justiça também colaborou para o crescimento da violência. Na época da colônia, Portugal não tomava conhecimento dos problemas do sertão; no Império e no início da República quase nada mudou; os coronéis continuaram a mandar com mão de ferro. É como se esses governantes todos tivessem arquitetado tudo para fazer do sertão um dos lugares mais pobres do mundo. Escolas? Nem pensar. Melhor manter o povo na ignorância. Estrada de ferro? Claro que não! A produção lá é tão escassa que nem precisamos pensar nisso. A estrada de ferro só chegou no interior do Nordeste no começo do século XX! E mesmo assim só em algumas cidades! Como poderia haver algum tipo de desenvolvimento sem transporte? Como exportar a produção agrícola? E assim o sertão viveu totalmente isolado do país. Com a seca, a má distribuição de terras, a falta de lei, o descaso dos governos, o que mais de ruim poderia acontecer no sertão? Violência. Uma violência extrema. Uma grande emigração e o fanatismo, como no caso de Canudos de Antônio Conselheiro. E Lampião? Ele foi o primeiro cangaceiro que apareceu? Isso eu não sabia. Depois de começar a pesquisa descobri que não. O cangaço vem de longe. Desde os tempos da Colônia, na época dos potentados, em que um senhor, dono de uma grande propriedade, mandava e desmandava em tudo. Para desbravar o sertão, esses senhores precisavam de homens para cuidar do gado e combater os índios. Como os donos das terras viviam em brigas constantes, eles necessitavam de jagunços e capangas, homens armados, para se protegerem. Com o tempo, os jagunços começaram a perceber que valia mais trabalhar por conta própria, "terceirizando o trabalho", e assim surgiu o cangaço, que deve vir da palavra "canga", nome da nossa velha e boa saída de praia e que também significa "peça de madeira que prende o boi ao carro". Como os homens levavam suas armas nas costas, eram como bois carregando as cangas. Daí cangaceiro. Depois li que Lampião foi o bandido mais importante do século XX e que atuou mais tempo no banditismo: de 1916 até 1938. Dos 19 aos 41 anos! Muitos cangaceiros entravam nessa vida para vingar a morte de um parente. Talvez, por isso, muitos os compreendiam e até chegavam a dar razão para aquela revolta, pois, no sertão daquela época, a lei era para poucos, ou melhor, a lei eram os coronéis, os donos das terras. A lei estava do lado de quem tinha dinheiro e prestígio. Isso sem falar das rixas entre as famílias que eram muito comuns no interior. Muitas famílias viviam em constantes guerras no sertão e a justiça era nula. Antônio Silvino, filho de fazendeiro, foi o primeiro cangaceiro mais importante que surgiu antes de Lampião. Ele entrou nessa vida em 1897 para vingar a morte do pai. Isso é um fato curioso: Virgulino nasceu nesse mesmo ano e, mais tarde, quando Antônio Silvino foi preso, Lampião entrou para o cangaço. Depois de Silvino, um dos cangaceiros mais populares foi Sebastião Pereira ou Sinhô Pereira – que viria a ser mais tarde chefe de Lampião. Pereira era de uma família de prestígio e também entrou no banditismo para vingar a honra da família. O próprio Lampião entrou de vez no cangaço para vingar a morte do pai e da mãe. Desde então, Virgulino jurou vingança e não saiu mais dessa vida.

  Mas eu precisava estudar. Não sabia nada. Então comprei livros, muitos livros. Um caderno azul para fazer as anotações e enchi a minha casa de fotos de Lampião, de Maria Bonita e do bando todo. Aliás, o que os cangaceiros mais faziam, além de fugir das volantes, era posar para os fotógrafos – não só para Benjamin Abrahão – o famoso sírio que chegou a passar uns dias com o bando de Lampião e fez até um filme com eles –, mas também vários outros fotógrafos. Teria consciência da importância de registrar os fatos ou seria só vaidade? O caso é que criei todo um ambiente para entrar de cabeça no universo do cangaço. Muitas fotos, bonecos, lembranças do Nordeste, enfim, tudo que me levasse para um clima de sertão. Esse período foi uma verdadeira lua de mel com Lampião. Estudava e descobria coisas incríveis sobre Virgulino. Descobri que ele teve uma infância tranquila, com seus pais e irmãos em Vila Bela, atual Serra Talhada, interior de Pernambuco. A família Ferreira não era rica, mas possuía uma fazenda, rodeada de cactos e pequenos arbustos, que se chamava Passagem das Pedras. Ficava no sopé da Serra Vermelha. Viviam do gado, carneiros e cabras, de uma pequena plantação e de transportes de mercadorias. Virgulino, desde os seis anos, já ajudava o pai, José Ferreira, com os carneiros e as cabras. Foi um menino esperto e inteligente; aprendia tudo muito rápido. Ele e seus irmãos, como todas as crianças do sertão, cresceram ouvindo os feitos e as histórias dos cangaceiros famosos cantadas pelos artistas populares da época. A brincadeira predileta desses meninos era "polícia e cangaceiro" semelhante ao "polícia e ladrão" da cidade. Mais tarde, Virgulino se tornou um rapaz habilidoso com a arte do couro. No sertão muitas coisas eram feitas de couro, desde as roupas dos vaqueiros até utensílios e móveis como uma cadeira. Virgulino também foi um ótimo vaqueiro, um excelente dançarino de xaxado e, além disso, tocava sanfona de oito baixos e cantava nas festas. Realmente era um rapaz com muitas qualidades. Billy Jaynes Chandler, um historiador americano e um dos mais importantes biógrafos de Lampião, comenta:

"Essa descrição de Lampião poderá parecer exagerada, uma invenção romântica para favorecer a sua imagem de bandido célebre. No entanto, se há algum engano, é talvez ser cautelosa demais, visto que seus amigos e seus inimigos são unânimes em afirmar que Virgulino foi um rapaz extraordinário."

Pronto! Eu tinha um personagem maravilhoso nas mãos. Não tinha que inventar nada. A realidade é mil vezes melhor que a ficção. Para que inventar se tenho uma história incrível como a de Lampião? Uma história real. Um personagem apaixonante: uma criança viva, sagaz, prestativa, que se revela um rapaz inteligente, valente, habilidoso, querido por todos e que tinha tudo para ter uma vida sossegada, mas com o assassinato do pai pela polícia e a morte da mãe, se rebelou contra a sociedade injusta e sem lei do sertão e se torna o mais famoso cangaceiro de todos os tempos!

Eu já sentia Virgulino perto de mim; tenho essa mania meio boba, mas não consigo evitar. Imagino os personagens do meu lado durante a pesquisa e a criação do texto. É uma brincadeira minha. Talvez seja para não me sentir tão só, não sei. Quando ia para cozinha fazer o almoço, imaginava Virgulino acendendo o fogo, botando o óleo para ferver enquanto eu picava a cebola e ia escrevendo a história na cabeça:

Lampião nem sempre foi Lampião: ele nasceu Virgulino. Virgulino Ferreira da Silva nasceu no dia 7 de julho de 1897 em Vila Bela, Pernambuco. Filho de Maria e José, foi o terceiro dos nove filhos. Irmão de Antônio, Levino, João, Ezequiel, Angélica, Virtuosa, Maria e Amália.

Desde pequeno, Virgulino cuidava das cabras e dos bodes. Mais tarde, foi cuidar do gado e montava a cavalo tão bem que descobriu que queria ser vaqueiro para sempre.

Virgulino era um menino tão igual a tantos meninos de Vila Bela, que ninguém podia imaginar, nem por um segundo, que ele ia se tornar o que se tornou.

Eu estava ali refogando a cebola e quase corri para escrever esse texto que veio inteiro na cabeça, mas Virgulino me segurou: Oxente! Que pressa é essa! Vai colocar a carroça na frente dos bois, vai? Ele estava com a razão. Eu não tinha terminado nem um décimo da pesquisa, como é que já ia começar a história?! Com que material? Não, melhor almoçar e depois voltar para os livros. Saco vazio não para em pé, já dizia minha avó. E livro sem pesquisa é a mesma coisa. Era isso o que eu tinha que fazer: mergulhar fundo nas pesquisas.

Passei dias e dias lendo em casa ou na Biblioteca Nacional com Virgulino do meu lado me ajudando, anotando tudo no caderno azul, todo prosa de ver a quantidade de livros e revistas que existiam sobre ele. Nas minhas leituras, descobri que a entrada de Virgulino e seus irmãos – Antônio e Levino – no cangaço se originou da maneira mais boba do mundo: briga entre vizinhos. Naquela época as fazendas não tinham cercas e todos ficavam atentos para não serem roubados, contando as cabras e os carneiros a toda hora. Sempre havia uma família que acusava a outra de furtar, maltratar um animal, ou roubar um chocalho; isso era motivo de brigas feias que chegavam até a derramamento de sangue. Um cantador, Leandro Gomes de Barros, descreve bem a situação daquele tempo em que o normal eram todos andarem armados:

"Onde eu estou não se rouba
Nem se fala em vida alheia
Porque na minha justiça
Não vai ninguém para cadeia:
Paga logo o que tem feito
Com o sangue da própria veia!"

E foi esse o motivo da briga entre a família Ferreira e o vizinho de cerca, José Saturnino: roubo de cabras e de chocalhos. Virgulino e seus irmãos acusaram um morador, uma espécie de empregado de Saturnino, de ter roubado umas cabras deles. Saturnino, que era dois anos mais velho que Virgulino e tinha mais posses que os Ferreira, não gostou nada da situação e se sentiu ofendido quando eles foram a sua fazenda com o chefe da polícia. Saturnino protegeu seu morador e acusou os filhos de José Ferreira dizendo que eles sim tinham roubado seus chocalhos e que não os queria nas suas terras. A situação foi piorando com insultos, roubos, brigas; o clima ficou tenso entre as duas famílias. Um dia, os irmãos Ferreira passaram pelas terras de Saturnino e seus empregados disseram para eles não andarem mais por ali. Virgulino se exaltou e disse que passaria ali quantas vezes bem entendesse. Os homens resolveram atirar mas eles escaparam ilesos. No dia seguinte, Virgulino, Antônio e Levino – que não eram de levar desaforo para casa – foram trabalhar armados no pasto e houve tiroteio de novo, mas, dessa vez, Antônio foi ferido na coxa. José Ferreira, ao contrário dos filhos, era um homem calmo e só queria viver em paz. Ficou preocupado com a situação e resolveu entrar num acordo com o vizinho. Como a família de Saturnino tinha mais prestígio – isso no sertão era o que contava – ficou decidido que a família de Virgulino teria que vender a fazenda Passagem das Pedras e prometer que nunca mais poria os pés lá novamente. Os filhos de José não se conformaram com aquela decisão. Para eles, Saturnino era o responsável por tudo aquilo. Mas tiveram que se mudar, mesmo a contragosto. Era o começo da desventura dos Ferreira.

De volta para casa, imaginava Virgulino comigo no metrô. Ele parecia uma criança, todo bobo andando pelo carro, olhando espantado as portas que, sozinhas, se abriam e se fechavam. Ele não acreditava. Dizia que o mundo estava pelo avesso, que agora todo mundo tinha virado tatu andando debaixo da terra.

No supermercado, Virgulino aparecia entre os detergentes, os fósforos, os requeijões. Pegava a farinha de milho, a rapadura e se indignava com o leite de caixa: Oxente! Mas esse mundo tá perdido! Leite encaixotado?! Pedi para ele entrar na fila do pão antes que visse o leite em pó e tivesse um troço qualquer.

De noite, em casa, continuei a ler sobre a célebre briga entre os Ferreira e José Saturnino: a família de Virgulino se mudou; em contrapartida, Saturnino também não poria os pés na Vila de Nazaré, perto de Floresta, nova morada da família Ferreira. O pai de Lampião comprou uma fazenda num lugar conhecido como Poço Negro e tentou levar sua vida de fazendeiro normalmente. Estava tudo na paz, até o dia em que José Sarturnino descumpriu o combinado e apareceu em Nazaré. Óbvio que com o intuito de provocar os irmãos Ferreira. Virgulino o viu e ficou por conta, querendo brigar ali mesmo, no meio da vila. Acabou, no entanto, preparando uma emboscada na saída da cidade só para meter medo no antigo vizinho. José Saturnino fugiu assustado, mas no dia seguinte, bem cedo, atacou a fazenda dos Ferreira. A guerra estava declarada. Tudo isso por causa do roubo de cabras!? Ou será que essa briga na verdade se remetia a alguma questão anterior? Será que Saturnino desde a infância invejava Virgulino? Afinal, Lampião foi mesmo um rapaz muito especial. O fato é que, depois desse ataque, Virgulino, Antônio e Levino, para protegerem a família, só andavam armados e também começaram a usar as roupas dos cangaceiros: lenço vermelho no pescoço, chapéu com a aba para cima e as cartucheiras cruzadas. No sertão a atitude natural de qualquer jovem mais valente era proteger a família das injustiças e dos insultos. Ninguém costumava chamar a polícia, tudo era resolvido com as próprias mãos.

A fama de bandidos dos irmãos Ferreira cresceu em Nazaré, e correu o boato de que eles estavam trabalhando com Sinhô Pereira. Mas isso não era verdade, pelo menos não nessa época. O povo de Nazaré deduzia isso não só pelas roupas, mas também por causa de um tio dos Ferreira, Antônio Matildes, que era coiteiro — protetor de cangaceiro —, no caso, de Sinhô Pereira, e perseguido pela polícia. A coisa estava tão feia para os irmãos Ferreira que um dia, em Nazaré, Virgulino e Antônio foram confundidos com cangaceiros do bando de Pereira. Eles foram recebidos à bala na cidade. Levino, que já estava na vila, acabou ferido no braço e preso.

José Ferreira percebeu que não poderiam ficar mais nem um dia em Nazaré. Seus meninos confundidos com bandidos e Levino preso! A família teria que se mudar novamente e José conseguiu tirar o filho da prisão com o acordo de que eles saíssem da cidade.

Foram para a comarca de Água Branca, em Alagoas, mas José Ferreira não conseguiu o sossego que tanto desejava: além de estarem mais pobres, seus filhos queriam se vingar de qualquer jeito de Saturnino. Depois de algum tempo eles voltaram para Serra Vermelha para atacar a fazenda do antigo vizinho. A polícia de Alagoas, suspeitando dos Ferreira e de Matildes, invadiu as fazendas deles à procura de armas; felizmente não havia ninguém em casa, mas não deixaram pedra sobre pedra na casa dos Ferreira. O pai de Virgulino notou que não teria paz nem em Alagoas e teve certeza disso quando João, um dos filhos mais moços – e o único que não entrou para o cangaço –, foi à Água Branca comprar um remédio e simplesmente foi preso sob a acusação de ter ido comprar munição para Matildes. Os irmãos Ferreira não conversaram e disseram que iam tocar fogo na cidade se não soltassem João. O chefe de polícia achou mais prudente soltar o rapaz e José Ferreira estava mais uma vez preparando as malas com a família. Será que aquilo não teria um fim?

De tão cansada, acabei pegando no sono em cima dos livros e sonhei que estava numa festa dançando forró com Cláudio, meu namorado. Tudo ia bem, mas, de repente, notava que não era o Cláudio, mas sim Virgulino que dançava comigo. Acordei culpada. Troquei meu namorado por Virgulino?! Não, claro que não, eu só estava dançando com ele, coisa que Lampião e os cangaceiros adoravam. Virgulino gostava muito de música e desde jovem compunha. Ele que compôs "Mulher Rendeira", "Acorda, Maria Bonita", "É Lamp, é Lampião", e várias outras canções. Ventania, um dos cangaceiros do bando de Lampião, disse numa entrevista: "Ele inventava a música com as palavras e depois ensinava a nós até todo mundo aprender." Quando o tempo era de calmaria, os cangaceiros faziam bailes com muita música e xaxado, a dança predileta deles. Até na hora de atacar uma vila eles cantavam. O hino de guerra era "Mulher Rendeira". Bom, então, o sonho tinha uma "explicação científica", não tinha nada a ver com o Cláudio. Tentei me convencer disso. Tomei café e um banho rápido e voltei para os livros. Queria saber como ia acabar aquela história. Queria saber como Virgulino ia entrar de vez para o cangaço.

José Ferreira se preparava para uma nova mudança, mas Maria, sua mulher, adoecera e não poderia viajar uma longa distância. Como Antônio, Levino e Virgulino tinham urgência de sair de Água Branca, o pai os mandou com os irmãos menores para bem longe e combinou que depois se encontrariam numa nova casa. Enquanto isso, ele, Maria e João, que ficou para ajudar, iriam para um lugar mais perto, Mata Grande. No caminho, pararam para descansar na casa de Senhô Fragoso, amigo da família. Lá, Maria piorou muito e acabou falecendo. José, completamente desanimado, aceitou o convite de Fragoso para ficar em sua fazenda até os filhos voltarem. Enquanto isso, Virgulino, Levino, Antônio e Matildes queriam se vingar do chefe de polícia de Água Branca, Amarilo Batista, que tinha prendido João e também depredara a casa deles em outra ocasião. Como, naquela época, os ataques eram sempre por motivo de vingança — uma vingança puxava outra que puxava outra que... — os irmãos Ferreira resolveram atacar o povoado de Pariconhas, perto de Água Branca, porque o delegado de lá, Manoel Pereira, era muito amigo de Batista e o ajudou na batida que fez na casa de Virgulino e de Matildes. Em Pariconhas, os irmãos Ferreira fizeram um senhor assalto, com Virgulino liderando o ataque. Eles levaram muito dinheiro, joias e amarraram o delegado num poste no meio da praça. Mas as consequências daquele assalto foram fatais: em represália, Batista e o sargento da polícia do estado, José Lucena, atacaram a fazenda dos Fragoso matando José Ferreira. O pai de Virgulino estava tranquilo, debulhando milho, na varanda e os policiais chegaram e não perguntaram nada, foram logo atirando. José Ferreira e Fragoso morreram na hora. João, graças aos céus, conseguiu escapar. Quando Virgulino, Antônio e Levino souberam do assassinato do pai ficaram loucos e juraram vingança.

Para Virgulino, o mundo tinha acabado. Ele amava José Ferreira. Um homem bom, que tinha lhe ensinado tudo, que queria o melhor para os filhos. A morte do pai doeu fundo, pois justamente José, que não era de briga, que era um homem pacífico, acabou morrendo assassinado pela polícia. O que fazer sem pai nem mãe? E os irmãos menores? Quem iria cuidar deles? Virgulino resolveu mandar João cuidar dos irmãos na casa de uns parentes em Pernambuco e foi com Antônio e Levino para o bando de Sinhô Pereira. Agora sim eles iriam se tornar cangaceiros de verdade.

Fechei os livros, acabei de anotar tudo que tinha lido e pensei numa frase para fechar o primeiro capítulo:

`Virgulino Ferreira da Silva então virou Lampião.`

Durante essa época da pesquisa estava totalmente fascinada pelo meu personagem. Tudo era Lampião. Tudo era a família Ferreira. Tudo era sertão. Sair de casa e ficar longe dos meus livros, das fotos, era uma tortura, por isso sempre levava um livrinho na bolsa para ler no ônibus. Com a família, os amigos, o Cláudio, a Maria, minha diarista, e até com as crianças — meus leitores — eu só falava sobre Lampião. Nas escolas os alunos sempre me perguntavam:

— Qual é o livro que você gostou mais de escrever?

E eu respondia entusiasmada:

— Estou gostando muito de escrever sobre o Lampião.

Algumas crianças sabiam quem era, outras achavam que ele era um traficante e outras não tinham a mínima ideia de quem fosse. Então eu falava sobre o sertão, os cangaceiros e explicava quem foi Virgulino Ferreira da Silva. No meio da conversa, a minha imaginação pirava: via Virgulino entrando na sala e sendo rodeado pelas crianças impressionadas de ver um cangaceiro de verdade na frente delas. Elas queriam ver os anéis — Lampião usava anel em quase todos os dedos — era esmeralda, rubi, safira, uma coisa impressionante. Não sei como ele conseguia atirar com aquela quantidade de anéis nos dedos. A criançada também queria pegar no chapéu, nas armas, mas Lampião não deixava: Oxente! Isso num é pra menino não, visse? As crianças riam do jeito dele falar e depois faziam perguntas do tipo, você já matou muita gente? Oxente! Já matei muito macaco! As crianças faziam cara de nojo pensando que os cangaceiros comiam macaco e eu explicava: "macaco" era o apelido dos soldados das volantes. Volantes?! Volantes eram grupos de soldados que iam atrás dos cangaceiros pelo sertão. No final, Lampião ensinava o xaxado para elas. E todo mundo ia batendo os pés no chão, acompanhando os passos ligeiros do cangaceiro. Depois as crianças pediam autógrafos, beijavam Virgulino e teve uma até que pediu o blog dele: Vixe Maria! Que bicho é esse?!

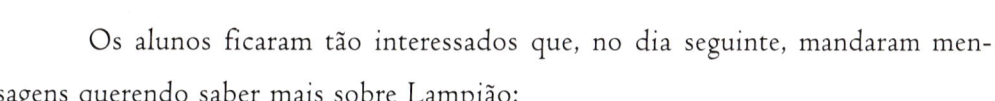

Os alunos ficaram tão interessados que, no dia seguinte, mandaram mensagens querendo saber mais sobre Lampião:

"Querida Helena Marconi,
Tudo bem?
Você esteve na minha escola, a Sá Pereira, e eu gostei muito de te conhecer. Adorei o livro do Noel Rosa e agora vou ler o do Drummond. E esse do Lampião? Quando fica pronto? Você disse que eles andavam pelo sertão fugindo dos 'macacos', né? Mas como é que eles faziam para comer? Para tomar banho? E para dormir?
 Um beijo,
Luana"

"Helena Marconi,
Tudo bem? Você esteve aqui no Colégio Pedro II da Tijuca na semana passada, lembra? Gosto muito dos seus livros, principalmente o do Santos Dumont, mas, no dia do passeio à casa dele em Petrópolis, eu não pude ir porque fiquei doente. Me lembrei do Lampião e queria te perguntar como os cangaceiros faziam quando ficavam doentes? Quem cuidava deles?
Um beijo,
Mateus"

Parava as pesquisas e respondia imediatamente:

"Querida Luana,
Adorei receber o seu e-mail e que bom que você vai ler agora o livro do Drummond. Em relação aos cangaceiros, eles viviam acampando em esconderijos no meio do sertão e conseguiam alimentos como carne de bode, farinha, feijão, rapadura com os coiteiros, que eram pessoas amigas que abasteciam os cangaceiros com alimentos e munições. Geralmente, os coiteiros eram gente

humilde que tinha um roçado e umas cabras, e ajudavam os cangaceiros por medo e também por respeito. Mas, quando não havia coiteiro por perto, eles passavam fome mesmo ou batiam na casa de qualquer pessoa que encontrassem e pediam comida. Eles dormiam acampados, tomavam banho nos rios e adoravam passar perfume, teve até um cangaceiro que disse numa entrevista: As volantes seguiam nosso rastro só pelo cheiro!
Luana, um grande beijo para você!
Helena Marconi"

"Mateus!
Tudo bem? Que pena que não deu para você ir à casa do Santos Dumont! Mas quem sabe aparece uma nova oportunidade? Olha, o que acontecia muito com os cangaceiros era eles serem baleados nas brigas com a polícia. O próprio Lampião levou muitos tiros e aí ele ficava na casa de algum coiteiro, ou ia para algum esconderijo até se recuperar. A primeira vez que Virgulino foi ferido num ataque ele estava no bando de Sinhô Pereira. Numa entrevista, Pereira contou que, no meio de uma fuga da polícia, o chapéu de Lampião caiu. O cangaceiro voltou para pegá-lo e aí foi baleado na virilha e no ombro. Ele não teve tanta sorte quanto Indiana Jones, né? Mas pelo menos escapou com vida.
Mateus, espero que você fique bom logo!
Um beijo,
Helena Marconi"

Com o Cláudio, meu namorado, os amigos e a família, a mesma coisa: só falava de Lampião, de como me sentia animada e que não via a hora de terminar as pesquisas e começar o texto finalmente. O Cláudio já estava por aqui comigo, porque, além falar de

Virgulino o tempo inteiro, na hora de escolher um vídeo ou DVD, eu só queria ver filme de cangaceiro ou filme que falasse do sertão:

— Que tal *Vidas secas*? Eu queria tanto rever. E *A noite do espantalho*? Será que tem em DVD?

— Helena, você tá extrapolando. Você só pensa nisso.

— Eu? Mas são filmes geniais e eu só queria rever...

— Sei... filmes geniais e que por um acaso falam da seca, dos coronéis, dos retirantes, dos cangaceiros. Será que não dá para pensar em outra coisa não?! Você dorme, almoça e janta pensando em Lampião!

— Cláudio, você tá com ciúme! Você tá com ciúme!

— Ciúme? Claro que não. Você é que tá obcecada. Só pensa nisso. Às vezes acho até que você fala com Lampião!

Caramba! Como é que ele percebeu? A minha relação com meus personagens é uma coisa tão íntima que nem com meu namorado comento isso. Faço uma história escondida de todo mundo. Uma história clandestina. Uma história que não entra no livro.

Tentei mudar de assunto dando um beijinho:

— Ah, vem cá, meu cabra macho, vem cá com a sua Santinha...

— Santinha? Que história é essa de Santinha?

— Era como o Lampião chamava a Maria Bonita.

— Helena, você pirou! Você tá maluca! Tchau!

— Mas, Cláudio, aonde é que você vai? É brincadeira minha... vem cá! Cláudio! Cláudio!

Ele bateu a porta e foi embora. Não acreditei naquela cena. Que desculpa para terminar um namoro! Tentei não imaginar, mas Virgulino apareceu bem na minha frente: Oxente! Que cabra mais besta! Onde já se viu? Ter ciúme de personagem! Pensei que o Cláudio fosse voltar, me pedir desculpas, mas ele não voltou, não ligou, não nada.

Minha lua de mel com Lampião continuava a pleno vapor até um almoço de domingo com a família. Comentei com meu irmão, o Heitor, sobre a minha empolgação com Lampião. Meu irmão, historiador como meu pai – ele não conseguiu escapar –, me olhou com a cara mais admirada do mundo e disse:

– Lelê, o cangaço nunca foi um movimento social. Isso já caiu por terra. Ele nunca pensou em defender os fracos e oprimidos. Lampião só estava preocupado com a sua sobrevivência e mais nada.

Aquilo foi um balde de gelo em cima de mim. Como assim "nunca pensou em defender os fracos e oprimidos"? Tentei argumentar dizendo:

– Tudo bem, eu sei que o cangaço não era um movimento organizado, que Lampião não era um revolucionário, mas era uma resposta à tirania dos coronéis, ao sistema latifundiário. O cangaço era um protesto contra uma sociedade totalmente injusta.

– Lelê, Lampião compactuava com os coronéis, subornava a polícia, compactuava com todo o sistema. Isso de dizer que Lampião era meio Robin Hood é uma invenção romântica. Ao contrário, ele nunca fez nada para mudar o sistema. Só queria enriquecer, só queria dinheiro. Vem cá, por que você não escreve sobre Frei Caneca? Esse sim foi um revolucionário.

Fiquei boba com aquela declaração do Heitor. Será que eu não sabia nada sobre Lampião? Será que eu estava totalmente por fora? Claro que não! Sei muito bem que Lampião não lutou pela reforma agrária, nem por melhores condições de ensino no sertão. Sei que ele era um bandido, fora da lei, sei de tudo isso. Mas como não ser bandido numa sociedade absurdamente injusta, onde não existia a mínima chance de se ter uma vida melhor, onde o governo só existia para os poderosos, a polícia tratava o povo como bicho ou pior, e o coronel explorava o trabalhador como um escravo? Será que o cangaço não foi uma forma de protesto contra isso tudo? Meu irmão realmente não sabia de nada. O geniozinho da família vivia no mundo das pirâmides do Egito, dos faraós, de Tutancamon e não entendia nada de sertão.

Fui para casa certa das minhas teorias, mas no táxi não conseguia deixar de pensar naquela frase do Heitor: "Lampião nunca pensou em defender os fracos e oprimidos." Mas como, se isso era a marca de Virgulino? O povo admirava os cangaceiros exatamente por eles serem uma ameaça ao poder dos coronéis. Virgulino apareceu do meu lado e completou: Oxente! O povo fazia era festa quando eu mais meu bando chegava nas vilas. Inté me davam presentes! E eu distribuía moedas pras criança.

Mas, além da frase do Heitor, uma outra coisa também não saía da minha cabeça desde o início das pesquisas; um parágrafo do livro de Chandler sobre as boas ações do cangaceiros:

"As vidas destes homens serviam de assunto a trovadores e a outros contadores de histórias populares, cuja tendência era a de mitificá-los, exagerando alguma boa ação que por acaso tivessem feito, mas omitindo a realidade histórica."

A realidade histórica. Sempre ela. Será que o Heitor tinha razão? Havia uma idealização romântica dos cangaceiros? Resolvi parar de fichar, parar de anotar e principalmente parar de imaginar Virgulino do meu lado. Fui estudar o período em que Lampião já era chefe do bando. Li o livro do Chandler todo de uma vez. Depois li Nertan Macedo, Rui Facó, Frederico Pernambucano de Mello, Aglae Lima de Oliveira, uma leitura normal, sem anotar nada. Foram alguns dias de leituras intensas sem descanso e aí a minha lua de mel com Virgulino acabou. Lampião não era o herói que eu imaginava, ao contrário, era um homem cruel, perverso, sanguinário, assustador.

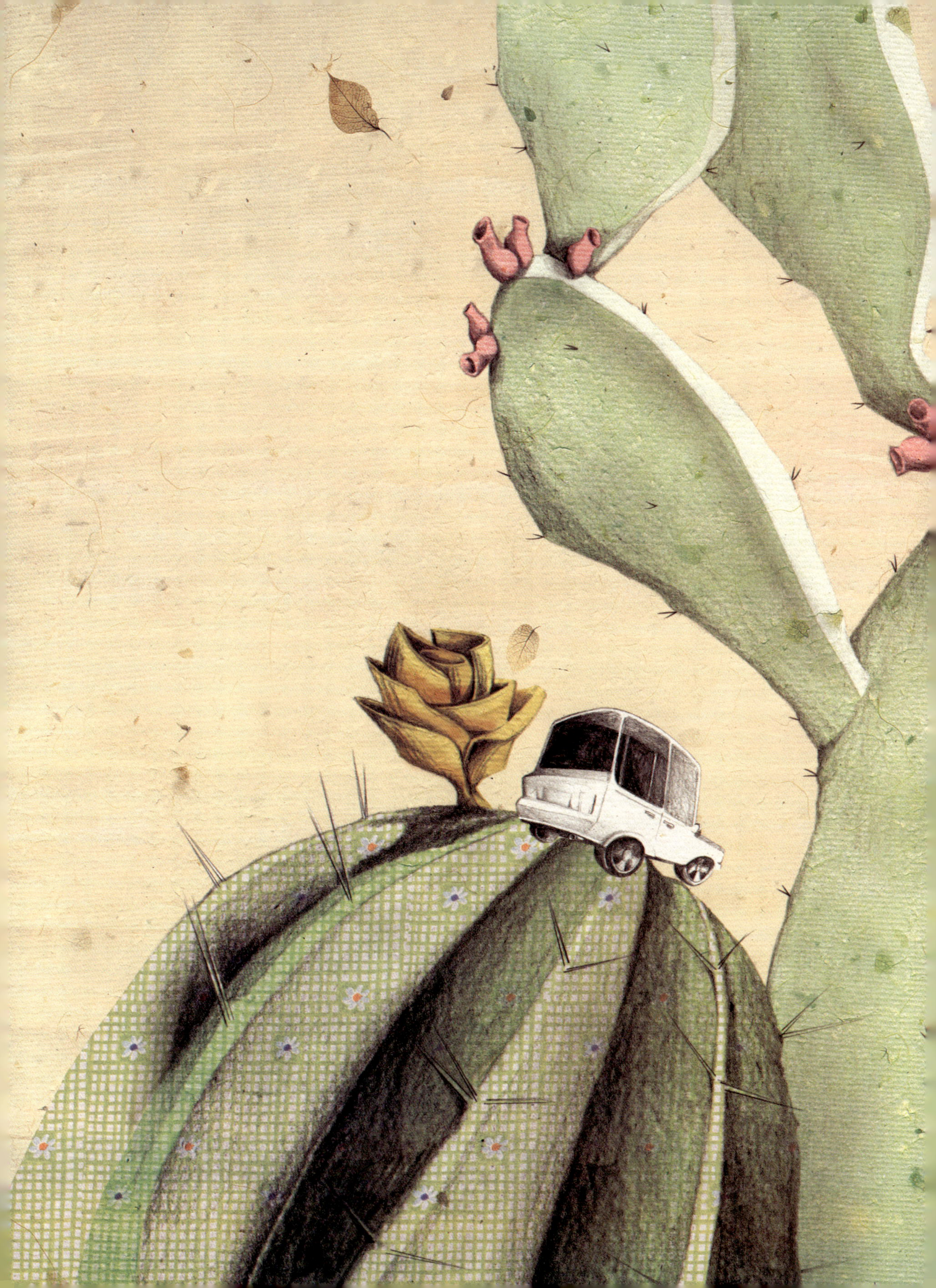

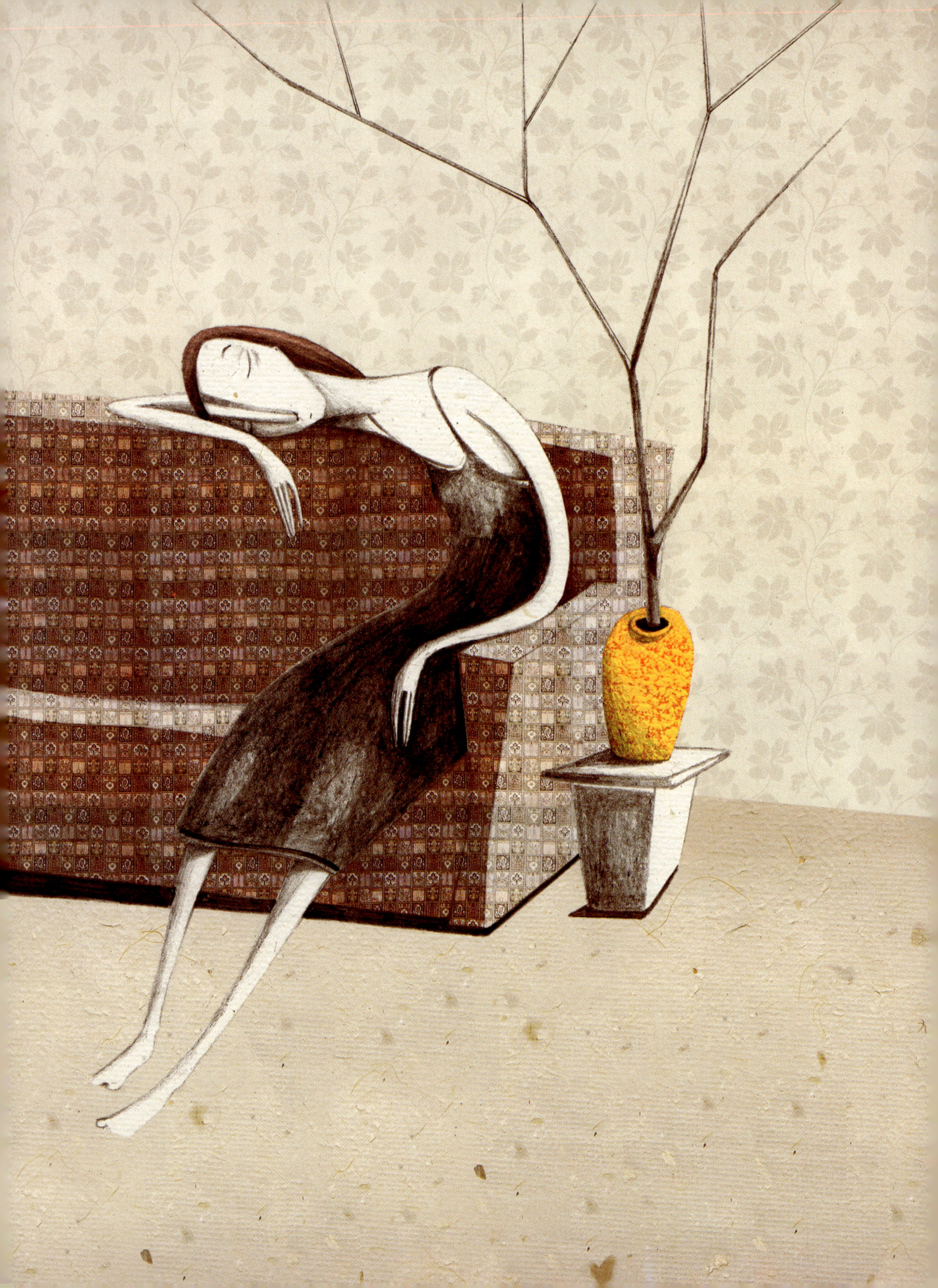

CAPÍTULO 4

FUI PARAR NO FUNDO DO POÇO. A REALIDADE HISTÓRICA ME JOGOU LÁ. IA ME ARRASTANDO DA CAMA PARA O SOFÁ E DO SOFÁ PARA A CAMA. NÃO LIA, NÃO ESCREVIA MAIS A HISTÓRIA NA CABEÇA, NÃO IMAGINAVA MAIS VIRGULINO DO MEU LADO, NÃO NADA. QUANTO TEMPO FIQUEI NESSE ESTADO? ALGUMAS SEMANAS? MESES? NÃO SEI. NÃO COMIA E NÃO DORMIA. NÃO IA ANDAR NO ATERRO. NÃO TINHA FORÇAS. ME DESLIGUEI DA TOMADA. UMA INÉRCIA TOTAL. NÃO CONSEGUIA NEM CHEGAR PERTO DA MÁQUINA DE ESCREVER. NÃO TINHA VONTADE DE NADA.

As amigas me ligavam para sair e eu inventava mil desculpas, dizia que estava trabalhando muito e não podia sair:

— E como é que tá o Lampião, Heleninha?

— Ah, tá legal...

Mentira. Não estava nada legal.

— Quantas páginas já tem?

— Ah, umas... umas... quarenta páginas...

Vem cá, se era para mentir, por que eu não disse logo 140 páginas?!

— Mas só isso?!!

— Pois é, para você ver como é lento o trabalho da criação.

Minha mãe me convidava para almoçar porque ela ia fazer lasanha, mas eu não tinha ânimo de sair de casa. Meu pai, o Marconi, também não largava do meu pé:

— Lelê, você já chegou na parte do Prestes?

— Não, pai, ainda não.

Eu não tinha escrito nem uma linha sobre Lampião quanto mais sobre Prestes.

— Mas, minha filha, isso é muito importante. Lampião foi convocado para perseguir a Coluna Prestes pelo Padre Cícero. Essa parte é fundamental.

— Eu sei disso, pai. Ainda vou chegar lá. Estou na infância dele, quando Lampião cuidava das cabras.

— E você já falou do Corisco, o Diabo Louro?

Acho que meu pai está surdo. Corisco só entra nessa história mais tarde!

— Não. Também não.

— Minha filha, você já ouviu falar em Maria Bonita?

O Marconi, como sempre, muito irônico. Mas eu também posso ser:

— Maria quem?!

As professoras me convidavam para fazer palestras e eu dizia que estava trabalhando muito, que não tinha tempo. Mentira. Tudo mentira. Estava afundada no sofá vendo televisão.

Meus vizinhos de porta, Ana e Sérgio, um casal gente boa, com dois filhos adolescentes bem legais e um temporão, Vitor, meu leitor, começaram a estranhar a pilha de jornais se amontoando na minha porta e resolveram me dar um alô. Quando tocou a campainha, pensei que fosse o Cláudio — só ele subia sem o porteiro interfonar. Me olhei no espelho e desanimei: eu estava horrível! Branca, umas olheiras, um cabelo, uma coisa. É agora que ele vai acabar comigo de vez, pensei. E a campainha tocando. Passei uma escova no cabelo, um batom, apertei as bochechas e abri a porta: dei de cara com meus vizinhos espantadíssimos ao me verem de camisola, lívida, parecendo um fantasma e ainda por cima de batom! Vitor me abraçou:

— Ela tá viva!

— Vitor, que isso... — disse a Ana, sem graça.

— E aí, Helena? Tudo bem? Olha os seus jornais...

— Ah, obrigada, Sérgio... eu ia pegar.

— E o Lampião?

— O Lampião... tá legal...

Mentira! Ele vai de mal a pior.

— Sai quando?

— Ah... deve sair pra... Bienal...

Que mentira deslavada!

— Que dia?

— Ainda não sei, Vitor...

Provavelmente no dia de São Nunca.

— Bom, qualquer coisa é só bater, hein, Helena?

— Obrigada, gente. Valeu...

Fechei a porta. É óbvio que eles notaram que eu estava péssima, um trapo. Mas o que eu podia fazer? Nada. Levei os jornais direto para a cozinha mas antes passei os olhos nas manchetes e não entendi patavina: elas eram todas relacionadas ao Lampião!

"Sebastião Pereira se aposenta e Lampião assume a chefia do bando."

"Lampião ataca a casa da Baronesa de Água Branca."

"40 soldados militares chegam a Sergipe para enfrentar Lampião."

Que isso?! Os jornais piraram?! Noticiando coisas que aconteceram em 1922! Será que isso ajuda a vender jornal? Sebastião Pereira realmente abandonou o cangaço por sofrer de reumatismo e foi viver em Goiás. Lampião, por ser o mais audacioso e ter espírito de liderança, o substituiu no comando do bando e seu primeiro ataque foi a casa da baronesa, viúva do barão Joaquim Antônio de Siqueira Torres. Além de ser muito rica, os filhos da baronesa eram políticos aliados da polícia de Água Branca e, assim, além de roubar, Lampião vingou o assassinato do pai.

Mas por que essas notícias tão antigas no jornal? Que gente maluca. Tratei de jogar fora aqueles jornais e voltei para o meu sofá. Dali a pouco tocou a campainha de novo: mas será o impossível! Hoje é dia de visitas e ninguém me avisou? Abri a porta e era o seu Euclides, que não era o da Cunha, mas sim o porteiro do meu prédio, que também resolveu ver se eu estava viva e se ainda podia pagar o condomínio:

— Caramba! Tudo isso?!

— É que teve um aumento, dona Helena, uma cota extra da coluna esquerda.

— Ah, é... tinha me esquecido...

— Dona Helena, desculpe perguntar, mas quando é que o livro do Lampião fica pronto?

Hã?! Até o meu porteiro quer saber do Lampião?!

— Não sei, seu Euclides. Não sei... dá licença.

Fechei a porta e pensei: será que avisei para o prédio inteiro que estava escrevendo sobre Lampião?! Provavelmente. Daqui a pouco vem o Douglas, o faxineiro do prédio, e depois vem a dona Sílvia, a senhora do 304, todos querendo saber do Lampião, menos eu.

Nesse dia, com tanta movimentação para quem vivia afundada no sofá, não sei o que me deu que acabei ligando o computador e não acreditei: a minha caixa de mensagens estava cheia de e-mails das crianças que continuavam perguntando sobre Lampião:

"Querida Helena Marconi, sou aluna do Ceat, tudo bem? Eu queria saber porque Lampião tinha esse apelido?"

"Helena, você esteve no meu colégio, o Edem, e eu queria te perguntar se é verdade que Lampião era cego de um olho?"

"Helena, você foi no meu colégio, o São Vicente de Paulo, e contou muitas histórias do Lampião e eu fiquei com uma dúvida: Qual era o salário de um cangaceiro?"

E agora?! Eu tinha que responder a todas aquelas mensagens! Mas eu não tinha forças, não tinha energia. Já ia desligar o computador e voltar para o meu sofá quando notei que também havia vários e-mails da Arlete, minha editora:

"Helena, como está o nosso Lampião?"

"Helena, já passamos do prazo, lembra? A gente precisa pensar na ilustração, no projeto gráfico e nas fotos. Me mande o texto rápido. Bjs, Arlete"

"Helena, você recebeu os meus e-mails da semana passada? Tentei te ligar, mas toca toca e ninguém atende. Cadê você?! Cadê o texto?!"

Caramba! E agora? A minha editora atrás de mim! A que ponto cheguei! Eu tinha que dar uma satisfação, tinha que dizer alguma coisa, mas não sabia o que. Tomei fôlego e respondi à Arlete:

"Oi, Arlete,
Tudo bem?
Desculpe a demora em te responder. Acho que preciso de mais um mês. Pode ser? Desculpa, mas é muita coisa para pesquisar.
Bjs. Helena."

Arlete me respondeu imediatamente:

"Helena, isso não foi o combinado. Nós te demos um ano para escrever um livro sobre Lampião para crianças! Isso é muito! Você atrasou no Noel Rosa, na Carmem Miranda, no Drummond, no Pixinguinha e em quase todos os biografados, mas agora com o Lampião está demais! Você já está há meses sem mandar um sinal de vida! Te pagamos o adiantamento da primeira edição! Você tem uma semana para entregar o texto, ok? É só isso que posso te dar: uma semana."

Uma semana?! Eu tinha que escrever o livro em uma semana! Mas como, se não tinha forças nem para escrever a lista do supermercado?! E, afinal, o que estava acontecendo comigo? Aquela não era eu. Precisava sentar e escrever, esse era o meu ganha-pão. Sou uma profissional, escrevo o que me mandam. Lampião também era um profissional, só que do crime, mas e daí? Ele não era um justiceiro, ao contrário, era violento, cruel e às vezes perverso, mas e daí? Lampião e seu bando foram o fruto de uma sociedade totalmente injusta, desumana e bárbara, o retrato do sertão, o retrato do Brasil. Não posso mudar o rumo da História. Isso é um fato. Há documentos que comprovam. Por que aquela paralisia? Eu precisava voltar ao trabalho. Tinha que enfrentar aquele cangaceiro. Sentei em frente à máquina de escrever e comecei:

Virgulino Ferreira da Silva então virou Lampião.

Arranquei a folha da máquina. Não dá! Não consigo! Por que é tão difícil começar essa história? Não sei. Estou muda. As palavras estão mudas. Sei que sou uma profissional mas antes de tudo escrevo por amor e não tinha mais amor por Virgulino, ou melhor, por Lampião. Arranquei o papel da máquina, joguei no lixo e voltei para o meu sofá. Pensava que lá estaria protegida, que nada de mal poderia me acontecer afundada no meu sofá, trancada na minha casa, posta em sossego, vendo televisão.

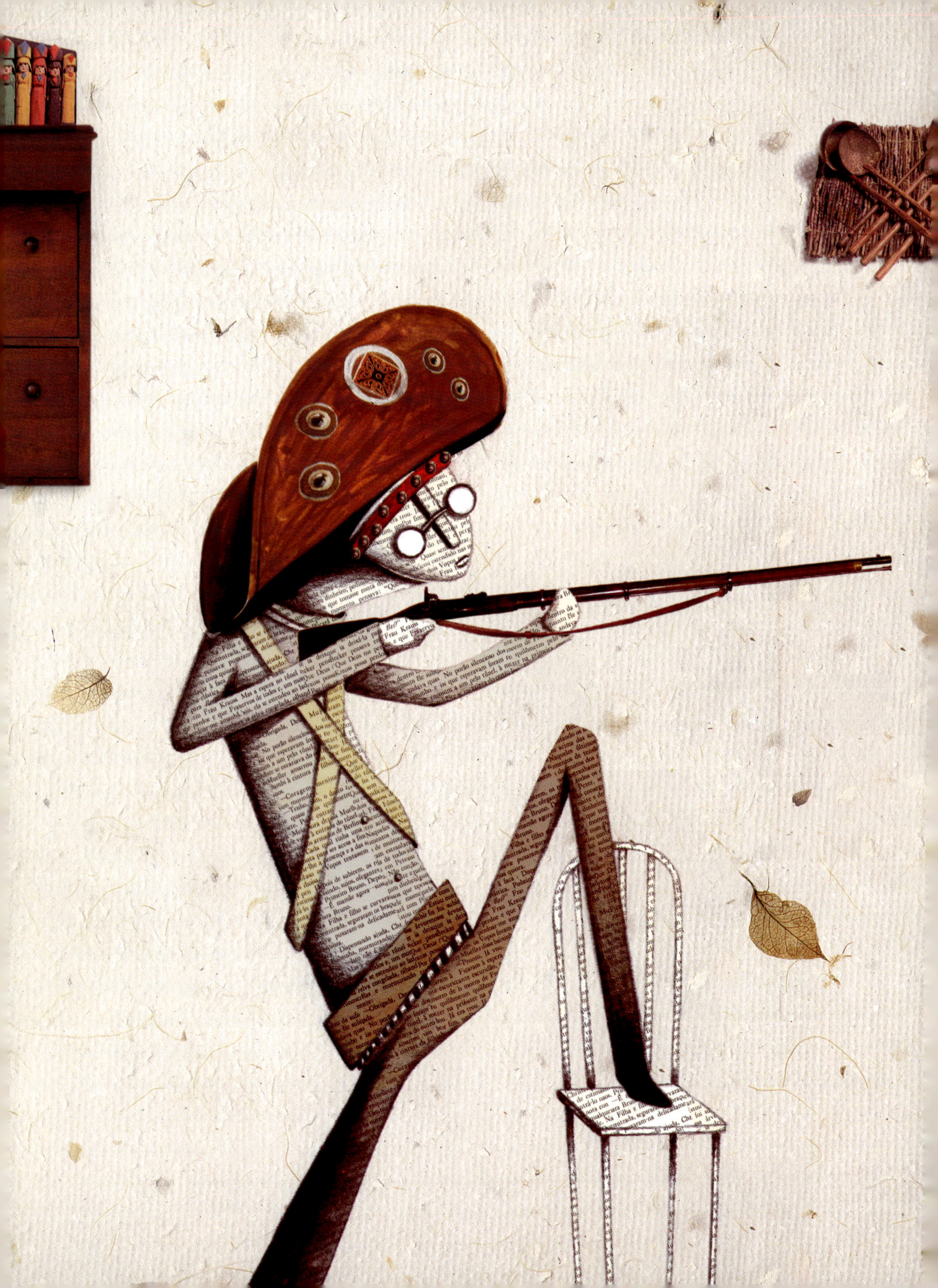

CAPÍTULO 5

E AGORA É HOJE. E HOJE LAMPIÃO ESTÁ AQUI NA MINHA COZINHA, COM TODOS OS SEUS ANÉIS, ENFEITADO COM SUAS ARMAS E FACAS, FANTASIADO DE CANGACEIRO ATÉ O ÚLTIMO FIO DE CABELO: HEIN, DONA HELENA? EU LHE FIZ UMA PERGUNTA. POR QUE A SENHORA NUM CONTA LOGO A MINHA HISTÓRIA PROS MENINOS? TÁ COM MEDO DE QUÊ? COMO DIZER PARA UM HOMEM LOUCO – ARMADO ATÉ OS DENTES – QUE NÃO VOU MAIS ESCREVER A HISTÓRIA DELE?

Disse o que me vinha na cabeça: o começo é sempre difícil. As palavras estão ocas, vazias, não dizem nada. "Lutar com as palavras é uma luta vã", já dizia o poeta, mas amanhã, sem falta, eu começo. Dona Helena, a senhora pensa que eu sou trouxa? A senhora num peleja com as palavras faz é tempo! A senhora empacou igual uma mula! É uma leseira que chega a dar dó! E olha que eu num costumo ter dó de ninguém, visse. Mas hoje estou aqui pra lhe oferecer a minha ajuda. Ajuda?! Como assim? Arre, contando as coisas como eram. Falando das brincadeiras de menino que eu mais meus irmãos, Antônio e Levino, fazíamos. Isso num vai ser uma história pros meninos lerem? Então? Tem que ter brincadeira. A vida num era só trabalho não, senhora. Nós brincávamos de vaquejada. O meu sonho era ser vaqueiro de verdade, num sabe? Nós acabávamos sempre com as pernas esfoladas, mas era bom demais brincar de vaquejada. Outra coisa boa de contar no livro era como eu era um cabra arretado no ofício do couro. Eu era um artista. Podia me pedir o que fosse que eu fazia: os arreios, as selas, as roupas de vaqueiro. Inté cadeira de couro eu fazia. Eu também tocava sanfona, fazia as músicas e escrevia os versos e tudo. Nas festas, as moças queriam dançar era comigo. Meu apelido sabe como era? Pé de ouro. A senhora tinha ciência disso? Mas o meu negócio mermo era a montaria; aí eu era um cabra da peste. Pegava boi até no escuro, num sabe? A senhora tinha ciência disso tudo? Os livros que a senhora leu contam isso tudo?

Aquela conversa foi me dando uma raiva. Quanta vaidade junta. Quanta presunção. Que cara convencido! Só fala de si o tempo todo. Isso os livros não contam: "Virgulino Ferreira da Silva era um rapaz de ouro, com muitas qualidades, mas a modéstia não fazia parte do seu vocabulário." Não, nenhum historiador observou essa realidade histórica. Homem é tudo igual mesmo, só muda de época. Em tudo ele é o melhor. Em tudo ele é um cabra da peste. Mas o pior é que... ele tinha razão! Mas que droga! Então por que virou cangaceiro? Saí da minha apatia e enfrentei aquele cangaceiro pretensioso: os livros contam tudo, seu Lampião. Só não contam uma coisa que eu gostaria muito de entender. Se o senhor era esse vaqueiro maravilhoso, que pegava boi no escuro e além disso era tão habilidoso com o couro e tocava sanfona, compunha músicas e dançava como ninguém, por que o senhor não virou um vaqueiro, um sanfoneiro, ou um professor de forró? Por que o senhor, aos 19 anos de idade, preferiu o caminho do crime e virou o cangaceiro mais temido e sanguinário de todos os tempos? Como é que eu vou explicar isso para as crianças, hein? Já sei, que tal assim: "Naquela manhã, depois de sonhos agitados, Virgulino Ferreira acordou transformado em Lampião, o famigerado cangaceiro." Foi assim? Kafkianamente? Da noite para o dia? Dormiu Virgulino e acordou Lampião? O cangaceiro se enfureceu com meu tom de deboche. Tirou a faca do cinturão e pensei: morri! Mas Lampião enfiou a faca na mesa com toda a força. Quando eu já estava quase desmaiando, ele me pegou pelo braço com uma raiva que nunca vi e disse: A senhora num sabe o que é a vida, dona Helena! A senhora fica aqui trancada nos livros e num vive! A vida é de verdade! A vida muda a gente. O sertão muda a gente. A senhora num faz ideia das coisas que a gente vê. A senhora num sabe o que é vê uma mãe morta de desgosto. E depois um pai morto, assassinado. Eu entrei nessa vida pra vingar a morte de meu pai! A senhora num leu isso nos livros, não?! Lampião disse isso e depois me largou com raiva. Pegou a faca e foi para área. Fui derretendo até o chão com as pernas bambas, suando frio e o coração saindo pela boca: Meu Deus, isso não pode estar acontecendo comigo! Lampião na minha casa e quase me mata! Mas esse cara não pode ser Lampião! Lampião morreu em Sergipe em 1938! Isso não pode estar acontecendo! Isso não é lógico. A minha imaginação me traiu! O que será que tomei ontem à noite? Isso é um pesadelo! Só pode ser. Preciso acordar. Preciso de um café! Um café e tudo vai ficar bem. Vou levantar, fazer o café e fingir que está tudo bem, que nada disso está acontecendo. Vamos lá, Helena, passinhos de bebê, você vai conseguir. Mãos, braços e pernas trabalhando em equipe na árdua tarefa de me levantar. Ai, minha coluna! Peguei o pó e a cafeteira tremendo. Lampião calado, remoendo alguma coisa no pensamento. Fiz o café, nem sei como, mas fiz: O senhor aceita um café? Lampião fez que sim com a cabeça: mas beba a senhora primeiro. Bebi e dei a xícara para ele: Hum, tá bom que só a peste... Assim que eu gosto de café, bem forte e bem quente. Eu pedi pra senhora tomar primeiro porque, depois que morri envenenado, fiquei com o pé atrás com tudo que me é oferecido. Ué, mas o senhor não morreu envenenado, o senhor foi metralhado. Arre, essa é boa! Então eu num sei o jeito que morri se não fui eu mermo que morri?! Me desculpe, mas pelo o que li não há nenhuma prova de que o senhor morreu envenenado. Isso é lenda, histórias que o povo inventa. Oxente, mas se eu não estou lhe dizendo, criatura? A senhora acha que aquela besta do João Bezerra ia ter coragem de me encarar? Só me envenenando mermo. Desculpe, mas o senhor foi metralhado, essa história de veneno não dá para engolir. Meu Deus! Que piada infame! Agora mesmo é que esse louco vai me matar! Lampião se enfureceu, jogou o café no chão e me pegou com toda a força pelo braço de novo. Calma! Eu disse tremendo. Foi brincadeira! Dona Helena, a senhora num tem noção do perigo, né mermo?! Ai! Me larga! Tá machucando! Eu já num disse pra senhora que eu não tolero ser contrariado?! Tá machucando! Quer fazer o favor de largar o meu braço! Virgulino me soltou com raiva. Ai, meu braço... Vem cá, era assim que você tratava a sua "Santinha"?! Oxente, claro que não! A Maria sabia me acalmar, mas a senhora além de num escrever a minha história ainda vem me afrontar, diacho! Não sabia o que fazer. Fechei os olhos com força que nem criança para ver se Lampião desaparecia. Por que não ouvi o Cláudio? Ele bem que me avisou que eu estava enlouquecendo. E os meus vizinhos? Por que não tocam a campainha agora? E o seu Euclides?! E a Maria, minha diarista? Ah, meu Deus! Eu dispensei a Maria. Como pude fazer isso? Não havia ninguém. Eu tinha que enfrentar aquele cangaceiro sozinha. Abri os olhos e Lampião ainda estava ali. Pelo menos parecia mais calmo. Ele respirou fundo, me olhou e disse: Dona Helena, eu me afeiçoei muito a senhora, num sabe? Jura?!!! Imagina se ele não tivesse se afeiçoado! Por isso vou lhe fazer uma pergunta bem simples: a senhora tem ciência por que o meu apelido é Lampião? Se eu tenho ciência?! Claro que tenho:

> Dizem que Lampião depois de uma noite de tiroteio disse para Sinhô Pereira, seu primeiro chefe, que seu rifle não parou de ter clarão, tal qual um lampião, e aí ficou o apelido.

Pois entonce, eu, Virgulino Ferreira da Silva, vou alumiar essa história pra senhora tal qual um lampião e contar como de fato se assucedeu a minha morte e a senhora vai escrevendo as palavras no papel. Disse isso e já foi me levando até a minha mesa de trabalho. Escrever?! Como assim?! E o meu café?! Meu café é sagrado! Eu tenho que escovar os dentes, passar meus cremes, fazer a cama, me trocar. Olha, existe todo um ritual. Não é assim, sentar e escrever; quer dizer, parece que é isso, mas não é. Escrever é um ato solitário, de muita reflexão...

O cangaceiro já nem me ouvia. Começou a xeretar a minha mesa todo bobo com as fotos dele e do bando: Vixe, mas tem de tudo aqui, boneco com a minha cara, com a cara de Maria, retrato meu, retrato do bando, livro com a minha cara na capa, visse! Oia, como eu tô danado de bonito aqui nesse livro! Mas inté mapa das cidades que eu mais meu bando andou tem. Agora, as palavras pra contar as histórias que é bom num têm, né mermo? É, essas estão em falta... De repente Lampião viu a famosa foto das cabeças dele, de Maria e de outros cangaceiros degoladas em Angicos na escadaria da prefeitura de Piranhas: Vixe Maria, dona Helena, tá explicado porque a senhora nunca que escreve esse livro! A senhora fica olhando essas fotografias e isso deve é confundir as ideias. A senhora num tem pesadelo, não? Lampião reparava em tudo, ia mexendo em cada ficha, cada anotação até que olhou pela janela e viu meu vizinho bonitão do prédio em frente ao meu, tomando sol na varanda. Gelei. O que ele ia fazer com meu pobre vizinho que não tem nada a ver com essa história?! Imediatamente baixei a persiana: Que sol forte, né? Lampião me encarou: as palavras tão em farta mermo ou é a senhora que fica aqui se engraçando pra aquele cabra em vez de fazer o seu ofício que é de escrevedora? Eu? Me engraçando?! Que isso... dona Helena, vamos deixar dessa leseira e ligar essa geringonça de uma vez? Disse, apontando para o computador. O computador?!! Entrei em pânico! Ele queria que eu escrevesse direto no computador! Sou jurássica, escrevo à máquina, só depois passo para o computador. Quer dizer, nem sou tão jurássica assim porque conheço escritores que ainda escrevem a lápis. Jamais comecei um texto direto no computador! O Cláudio achava isso um absurdo, mas só consigo escrever à máquina. Tenho um 486, um computador do tempo que se ouvia barata andar! Escrevo à máquina desde a adolescência, desde que me entendo por gente. Meu pai me deu essa máquina, uma Olivetti. Uma relíquia. Um patrimônio histórico nacional. Eu travo no computador. Lampião, você tem que entender que escrever à máquina é muito mais natural para mim. Não tenho condição nenhuma de escrever no computador. De repente, Virgulino, que já estava por aqui comigo, tapou a minha boca e disse: dona Helena, isso é frescura da senhora, visse? Por que a senhora sempre prefere o caminho mais dificultoso pra mode fazer as coisas? A senhora num tem que mandar esse livro pra editora daqui a uma semana? Fiz que sim com a cabeça. Nessa geringonça o livro num sai mais ligeiro? Fiz que tenho as minhas dúvidas com a cabeça. Dona Helena, ponha a mão na consciência; o povo lá da editora tão tudo aperreado atrás do livro! Vamos largar dessa leseira e começar essa história logo, mulher de Deus! Lampião tirou a mão da minha boca. Fiquei muda por um segundo. Ele tinha razão. Eu complico muito as coisas. O Cláudio também dizia isso. Pela primeira vez aquele homem fantasiado de Lampião tinha razão. Eu tinha que começar. Respirei fundo e liguei o computador que fez um barulhão como se estivesse acordando de um sono profundo: Oxente, mas esse bicho parece que vai avoar! De repente me toquei: Espera aí, a gente vai começar com a sua morte?! Não vai ficar um pouco confuso? Arre, hoje em dia vale tudo: o começo fica no meio, o meio fica no fim e o final no começo, num sabe? Pra mode o leitor trabalhar um pouquinho também, visse? Esse povo quer tudo de mão beijada. Como é que é?! Desde quando Lampião entende de leitor?! Agora esse cangaceiro também é um cabra da peste em teoria da recepção?! Virgulino começou a andar de um lado para outro procurando as palavras e de repente parou e começou a narrar a história da sua morte como se estivesse ali, na Grota dos Angicos, em Sergipe, no dia 28 de julho no ano de 1938 e eu fui com ele escrevendo no computador:

"Aquela manhã foi o inferno. As palavras nunca vão contar o que aconteceu, só os olhos de quem viu. Depois de ter me delatado, aquele coiteiro desgraçado do Pedro de Cândido, aquele filho de uma égua, delator safado, foi lá no nosso acampamento, mancomunado com João Bezerra. Chegou todo amigo com umas garrafas de vinho. E aí foi uma bebedeira; mas o vinho só foi servido pros meus cabras mais chegados e foi aí que quem bebeu morreu e quem num bebeu dormiu sem saber que os outros tinham morrido. Os macacos chegaram de noite e arrodiaram o acampamento dividido em quatro grupos. As sentinelas não ouviram nada, nenhum passo. E os cachorros não sentiram o cheiro. Até que nos primeiros raios de sol um cangaceiro notou que tinha alguma coisa esquisita na mata e aí tocou o alarme. Os macacos que estavam cercando a gente deram o sinal e atacaram sem dó nem piedade. E voou foi bala. Muito cangaceiro morreu, mas muito também fugiu. Era tiro pra todo lado e aqueles macacos todo roubando os anéis, os ouros, os colares, só queriam roubar os corpos. O meu, o de Maria. Teve um macaco que cortou a mão de Luís Pedro, cabra meu mais fiel, pra depois tirar os anéis. Depois cortaram as nossas cabeças. A senhora num sabe como foi aquilo. Por isso que eu digo que aquela manhã foi o inferno. Um inferno na terra."

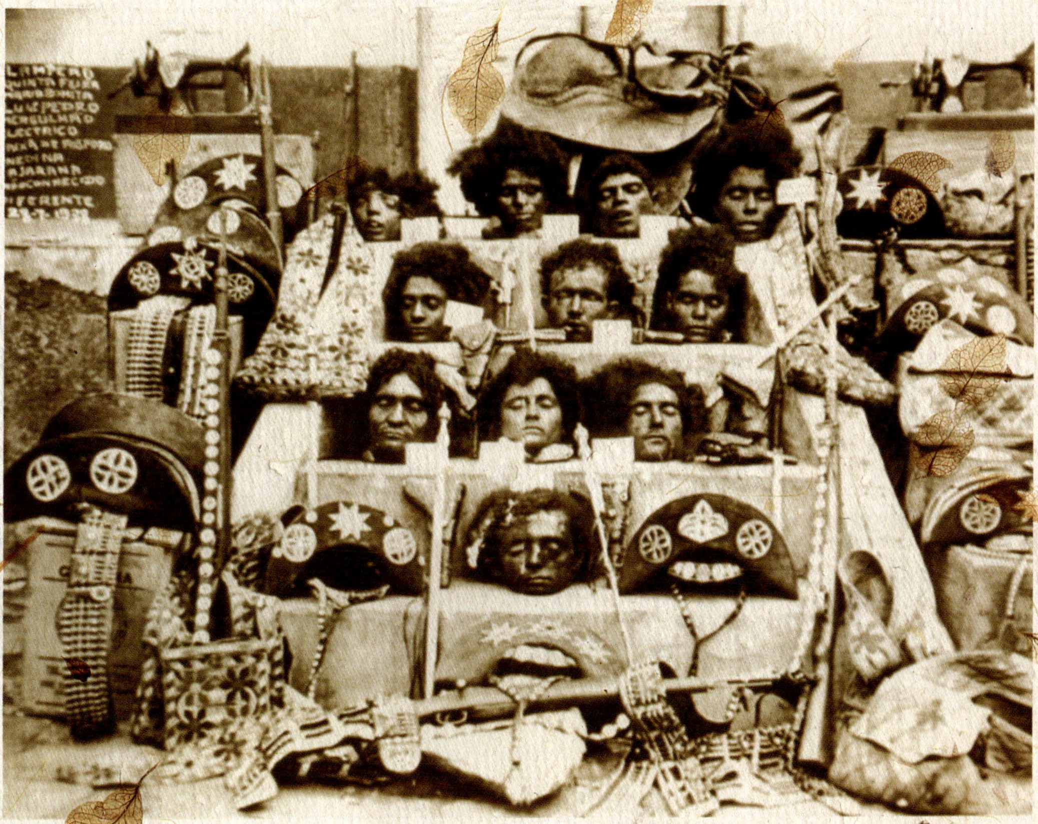

Meu Deus, será que tirei a sorte grande? Esse homem vai me ditar o texto todo e eu não vou ter trabalho nenhum? Sempre morri de inveja desses escritores que sonham capítulos inteiros e, no dia seguinte, só se sentam e escrevem — na certa foi um desses que disse que "escrever é a arte de se sentar em frente à máquina". Agora, eu, Helena que não é de Troia, eu, Helena Marconi, a legítima, tenho um louco, um louco só meu, que pensa que é Lampião e vai escrever o livro por mim! De repente, Virgulino me deu uma sacudidela: escreva, dona Helena! Não pensa! Opa, espera aí: "Escreva! Não pensa!"? Como assim "não pensa"?! Ah... agora é que está caindo a ficha. Que anta que eu sou! Esse cangaceiro vai me ditar um texto mentiroso, se fazendo de vítima, que foi envenenado, querendo que o leitor tenha pena dele, tão coitadinho, tão justiceiro, herói da nossa gente, que foi assassinado covardemente pela polícia. Não pensa uma pinoia! Só pensei, é claro. Não disse nada porque meu braço ainda doía muito. E que história é essa de "aquela manhã foi o inferno"? O que Lampião fez durante mais de 20 anos no sertão? Matou, roubou, sequestrou, incendiou, só pensou em si mesmo. Não foi herói, não pensou em ninguém, só em si mesmo. Ele fez do sertão um inferno! Um inferno!

De repente, Virgulino me puxou intrigado com alguma coisa na rua: A senhora tá ouvindo isso, dona Helena?! O quê? Um homem gritando feito doido na rua! Fui ver: Ah, é o comprador de ferro-velho. Ele passa todo dia aqui na rua gritando nesse megafone. Lampião estava nervoso: Escute, dona Helena! Escute o que o homem tá gritando! Isso é uma emboscada! Uma tocaia! Tô lascado! Não entendi nada. Prestei atenção no que o homem gritava:

"É o comprador de material velho! O moço tá passando, o moço tá comprando! Compro geladeira velha, freezer velho, computador velho, ar-condicionado velho. O moço tá passando, o moço tá comprando! Compro alumínio, compro metal, compro chumbo. Compro também a cabeça de Lampião! Compro por 50 contos de réis a cabeça do famigerado bandido, Virgulino Ferreira, vulgo Lampião! O moço tá passando, o moço tá comprando!"

Que história é essa?! O homem do ferro-velho perdeu o juízo também! Isso aconteceu em 1930, na Bahia! O governo baiano resolveu premiar com 50 contos de réis o civil ou militar que capturasse Lampião, vivo ou morto. De repente, quando me virei para o lado, Virgulino não estava mais ali! Uai! Cadê ele? Corri para o quarto e para a cozinha gritando: Lampião! Era só o homem do ferro-velho! Virgulino! Onde você se meteu?! Sumiu. Evaporou. Mas como? Se ele estava aqui agorinha mesmo. Lampião estava aqui do meu lado me ditando o texto. Ou será que não estava?

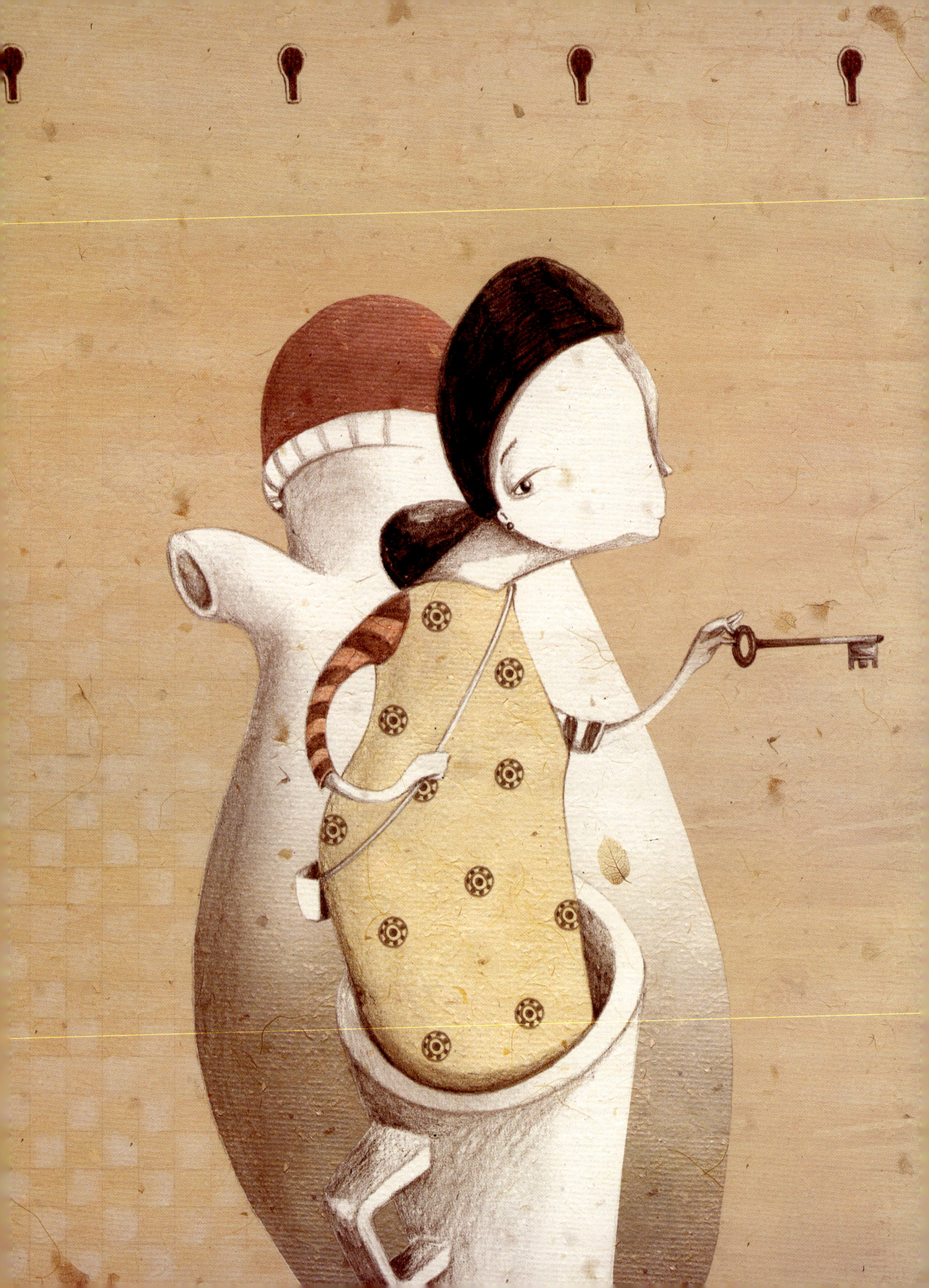

CAPÍTULO 6

PROCUREI PELA CASA TODA DE NOVO. NO QUARTO, DEBAIXO DA CAMA, NA COZINHA, NA ÁREA, NOS BANHEIROS E NADA. DESAPARECEU. EVAPOROU. SUMIU BEM SUMIDO. DE REPENTE ESCUTEI UM RUÍDO DE CHAVE NA PORTA, BARULHO DE PORTA SE ABRINDO. SERÁ QUE ERA ELE?! NÃO. ERA A MARIA – NÃO A BONITA, MAS A MINHA DIARISTA – QUE, POR UM MILAGRE DOS CÉUS, VOLTOU.

— **Bom-dia, dona Helena.** Vim ver como a senhora tá. Eu trouxe um pão quentinho...

Agarrei a Maria como se ela fosse a minha tábua de salvação. Nunca fiquei tão feliz de ver alguém real assim na minha vida.

— Maria! Eu não acredito que você tá aqui! Que coisa boa! Os milagres existem! Os milagres existem!

— Tá com saudades de mim ou da minha comida? Ou é a casa que tá muita bagunçada?

Nem respondi. Grudei na Maria e fiquei. Não queria largá-la de jeito nenhum.

— Aconteceu alguma coisa, dona Helena? — perguntou estranhando aquele abraço infinito e sufocado. — A senhora tá passando bem?

Fechei a porta e a puxei para a cozinha.

— Não, é que... Eu sei que você não vai acreditar, Maria, mas, aconteceu uma coisa maluca hoje. Uma pessoa apareceu aqui...

— Quem foi? O Lampião? E como é que ele tá passando?

Não entendi nada. Como a Maria sabia que era o Lampião?!

— Ué?! Como é que você sabe? Você viu ele por aí?!

Maria largou o pão na mesa, com a maior calma, e comentou fazendo pouco da minha aflição.

— Ah, eu quero é novidade, dona Helena. A senhora tá sempre almoçando com o Drummond, jantando com o Villa-Lobos e agora foi o que com Lampião? Café da manhã?

— Isso mesmo. Café da manhã.

— Pois então, aqui tem um pão quentinho, para a senhora e para o seu Lampião.

— Eu não estou brincando, Maria. Lampião estava aqui agorinha mesmo e de repente desapareceu. Você não tá sentindo um cheiro diferente não? Um cheiro enjoado... Isso é cheiro de cangaceiro.

Maria pegou o pó de café e continuou com aquele tom de deboche.

— Mas me conta... E a Maria Bonita? Ela também veio?

— Maria, eu estou falando sério. Eu estava aqui na cozinha, tomando café quando, de repente, Lampião apareceu aqui na minha frente com uma arma apontada pra mim me perguntando porque eu não escrevia a história dele de uma vez. Só nessa parte da conversa a Maria largou tudo o que estava fazendo e me olhou espantada:

— A senhora ainda não começou a história?!

— Não.

— Mas nem uma página?!

— Não.

— Nem uma frase? Uma palavra?

— Não! Mas isso não importa, Maria. Eu estou te dizendo que Lampião, Virgulino Ferreira da Silva, estava aqui em casa, me ameaçando com arma e tudo, criatura!! Estou tremendo até agora, olha.

Maria me olhou com pena e me fez sentar como se eu estivesse muito doente.

— Dona Helena, calma. Isso não é nada. Sabe o que é isso? Muita imaginação. A senhora tem muita imaginação e às vezes é tanta imaginação que... sei lá, acontece umas coisas que a gente não sabe explicar.

— Será? Será que foi uma visão? — Agora eu mesma estava em dúvida.

— Claro que sim. Foi assim quando a senhora escreveu sobre o Noel Rosa, lembra? Ele ficava sempre lá embaixo buzinando pra senhora que nem o Noel fazia pra moça da fábrica de tecidos e nem deixava a senhora trabalhar direito, lembra?

— Mas isso era brincadeira minha...

— E o Santos Dumont, que chamava a senhora para andar nos balões dele?

— Brincadeira...

— E aquela pedra ali no meio da varanda? A senhora disse uma vez que era do seu Drummond.

— Brincadeira. Tudo brincadeira.

— Pois então, dona Helena, pensa bem, com o Lampião é brincadeira também.

— Não sei, Maria. No começo até que era, mas hoje foi de verdade. Hoje a minha imaginação me traiu. O feitiço virou contra o feiticeiro. Lampião estava aqui e a gente até discutiu. Ele segurou no meu braço com força. Olha! Ainda tá roxo!

Lembrei da faca na mesa e procurei a marca:

— Olha a marca da faca aqui! Ele ficou com tanta raiva de mim que fincou a faca na mesa.

Maria viu o roxo no meu braço, a mesa, mas não se convenceu e veio com mil explicações sem sentido:

— Ah, isso deve ter sido eu aqui na cozinha. Tenho mania de furar essa mesa. E essa marca foi... um encontrão que a senhora deu. A senhora não vai comer um pãozinho, não? Tá tão quente que se passar manteiga derrete.

Será que era tudo imaginação minha mesmo? Será que eu já estava tão mal que nem sabia mais distinguir o real da fantasia? De repente me deu um estalo e me lembrei do texto que Lampião me ditou e corri para o computador. Vi o que não queria ver, o texto estava lá, boiando na tela:

"Aquela manhã foi o inferno. As palavras nunca vão contar o que aconteceu, só os olhos de quem viu..."

Maria chegou do meu lado e ficou toda animada:

– Olha! A senhora começou sim! E até escreveu direto no computador! Os milagres existem mesmo!

– Isso não fui eu que escrevi, Maria. Foi Lampião que me ditou!

– Hã?!!!

Pronto. A Maria acha que enlouqueci de vez e vai ligar para o Pinel para virem me buscar. Depois vai ligar para a minha família, para o Cláudio, e vai dizer que eu pirei de vez. Meus pais vão dizer que isso não é nada e que daqui a pouco passa. O Heitor vem correndo porque a coisa que ele mais quer, desde pequeno, é me internar. O Cláudio vai dizer que ele bem que avisou mas que agora não tem nada com isso. No meio desse meu devaneio bobo, de repente, sem mais nem menos, uma lembrança da pesquisa pulou da minha cabeça: "O povo acreditava que Lampião tinha poderes sobrenaturais." Claro! Só podia ser isso! Aquilo tudo era feitiço! Magia! Feitiçaria! Como é que eu não percebi isso antes?! Na época do cangaço, o povo acreditava piamente que Lampião tinha o corpo fechado, que era invulnerável. Como Lampião conseguiu escapar da polícia durante mais de 20 anos? Só com magia mesmo. Lampião atacava um dia em Sergipe e no outro já aparecia em Alagoas. Estava no Rio Grande do Norte e de repente já aparecia na Paraíba. Mesmo sendo cego do olho direito sabia muito bem quando tinha uma emboscada por perto. Andava com fome e sede quilômetros e quilômetros sem parar um segundo de dia ou de noite. Furava os cercos mais fechados da polícia sem o menor problema. Como conseguia se esconder e não deixar nenhum rastro? Era como se tivesse o poder de sumir, de desaparecer no ar. Quando li sobre esses poderes, não acreditei, pensei que aquilo era besteira, que Virgulino era simplesmente muito inteligente, muito astuto e um hábil estrategista: para não deixar rastros andava pelas pedras. Não se perdia à noite porque conhecia o sertão como a palma da mão. Antes de sair de algum acampamento enterrava os restos de alimento para não atrair os urubus. Usava as alpercatas de trás para a frente para despistar a polícia. Contava com a ajuda dos coiteiros. Tinha amigos fazendeiros, coronéis, delegados e até governadores que o protegiam em troca de favores. Tinha guias para as regiões desconhecidas e só lutava com a polícia quando tinha certeza de que ia vencer. Isso não é feitiço, nem magia. Isso é estratégia de guerrilha. Antes eu pensava assim, mas agora como explicar a aparição dele aqui em casa? Loucura? Piração minha? Além disso é muito estranho esse interesse das crianças, dos vizinhos e até do meu porteiro por ele! Sei que fiz uma certa propaganda. Com as crianças então, nem se fala. Sei também que Lampião é uma figura que desperta o interesse – ele é uma lenda do Nordeste –, mas tudo tem um limite. E a matança em Queimados noticiada na TV? E as manchetes dos jornais sobre o ataque à casa da Baronesa de Água Branca? E o comprador de ferro-velho querendo a cabeça de Lampião? E a minha obsessão por Virgulino desde o começo dessa história? Era Lampião já me rodeando, se preparando para me dar o bote e me atacar de frente! Tinha que me defender daquele ataque, mas como? Como? Olhei para aquelas fotos na parede, encarei a mesa cheia de livros, fichas, bonecos e tive um estalo: Era só apagar Lampião da minha vida! É claro! Sentei em frente ao computador e deletei todo o texto que ele me ditou. Depois comecei a rasgar todas as fotos de Lampião, fotos de Maria Bonita, dos cangaceiros, os mapas, as fichas, tudo que via na frente. Maria me olhava horrorizada; para ela aquele ato era um verdadeiro sacrilégio. Agora sim a minha diarista tinha certeza da minha insanidade:

— Mas, dona Helena, o que a senhora tá fazendo?! É o trabalho da senhora! — Maria, aflita, ia tirando a papelada do lixo e me pedindo para parar. — Dona Helena, as suas fichas... Por que a senhora tá fazendo isso?!

— Desisti, Maria. Desisti de Lampião. Antes que eu pire de vez. Tenho que sumir com tudo que lembre Virgulino. Em um combate a gente precisa saber a hora de recuar e a hora é quando o adversário está vencendo.

Isso aprendi com Lampião. Quando ele notava que ia perder não tinha vergonha nenhuma de correr. Era princípio de sobrevivência e é isso que vou fazer: correr de Lampião.

— Mas do que a senhora tá falando? Combate? Adversário? A senhora não tá em guerra, dona Helena! Para de rasgar as coisas!

Parei e fui para o quarto pegar uma mala e a Maria atrás de mim.

— Lampião pode aparecer a qualquer momento de novo. A situação é periclitante!

— Peri o quê?! — repetiu Maria.

— A situação é perigosa. Brincar de ver Virgulino por todo lado é uma coisa, outra bem diferente é ver ele de verdade, discutir com ele, tomar café com ele.

— Que maluquice, dona Helena! A senhora não tá falando coisa com coisa. Pra que essa mala? A senhora vai viajar?

— Eu vou doar esses livros pra biblioteca aqui do bairro. Chega de Lampião! Se sumir com tudo que me lembre Virgulino, acho que ele não aparece mais aqui.

Voltei para o escritório e comecei a enfiar todos os livros dentro da mala. Maria não queria nem saber; ia tirando todos de volta:

— Mas a senhora não pode fazer isso, dona Helena... E a editora? A senhora tem um contrato com a editora!

A editora! É mesmo! Tinha esquecido completamente da minha editora. Parei tudo e sentei desanimada.

— A Arlete vai ficar danada. Não vai me perdoar nunca; vai querer que eu devolva o dinheiro da primeira edição tintim por tintim. Só que eu já gastei tudo!

— Calma, dona Helena. É só sentar e escrever. É tão simples. Por que a senhora complica tanto as coisas?

É a segunda pessoa que me pergunta isso hoje. Será que eu complico mesmo as coisas? Não, claro que não! Já tomei uma decisão e não vou voltar atrás.

— Eu vou falar com a Arlete e explicar toda a situação pra ela.

— Vai dizer o quê? Que Lampião esteve aqui, tomou café com a senhora e que mandou lembranças?

— Não. Claro que não. Vou dizer que escrever sobre Lampião pra crianças não tem sentido. Onde já se viu uma coisa dessas? Não tem cabimento uma escritora de livros infantis escrevendo sobre famílias dizimadas, mulheres violentadas, marcadas com ferro em brasa, homens torturados, mutilados, cabeças cortadas pra lá e pra cá. Não dá, Maria. Não dá! É muita violência. E tem mais: posso mudar de personagem! A Arlete quer uma coleção nova, com personagens não muito conhecidos da História, não é? Então, em vez de Lampião pode ser... Frei Caneca. Um verdadeiro revolucionário. Que tal? Meu irmão que me sugeriu.

Maria ficou indignada:

— Frei Caneca?! Da rua Frei Caneca? Aposto que ele não foi tão bom quanto Lampião.

— Mas, Maria, Lampião não foi nada bom. Isso é lenda, a realidade histórica é outra. O povo tinha tanto pavor dos cangaceiros, que quando eles chegavam nas vilas, todo mundo ia para o mato se esconder.

— Ah, mas não ia mesmo, dona Helena. Lampião era bom com o povo. Dava dinheiro. Ajudava as pessoas pobres. Minha avó me contava umas histórias que a senhora não leu aí nesses livros. Ela bem me contou que lembra quando os cangaceiros chegaram lá em Capela, em Sergipe. Os cangaceiros chegaram lá de automóvel, imagina. Foi um acontecimento. Lampião era alto, bonito, todo cheio das joias e aquele chapéu de cangaceiro com moedas de ouro. Chegaram lá e todo mundo correu pra ver. Eles eram coloridos, parecia até Carnaval. Os cangaceiros fizeram compras e até pagaram pelas mercadorias. Eles não roubaram ninguém. Minha avó era pequena e Lampião passeou pela cidade distribuindo moedas de ouro para as crianças. A senhora sabia disso? Hein?

Fiquei pasma com aquela história. A Maria nunca me disse que a avó era de Capela nem que ela tinha visto Lampião.

— Por que você nunca me contou essa história?

— Ah, mas eu contei... É que a senhora não ouve, fica aí nos livros. Parece que vive em outro mundo. Mas agora a senhora viu como ele era bom, né?

— Não, Maria, sinto dizer, mas Lampião era tudo, menos bom. Ele pode ter sido bom algumas vezes, mas na maioria das vezes ele foi terrível. Lampião adorava fazer esse tipo de aparição nas vilas do interior. Uma coisa que a sua avó não lhe contou foi que, antes de tirar o "dia livre para as compras" e sair se exibindo pelas ruas de Capela, Virgulino fez um acordo com o prefeito: se ele lhe desse dinheiro, ele não atacaria a cidade. E o pobre do prefeito, que só tinha quatro soldados, o que fez? Pediu dinheiro para os homens mais ricos e entregou para Lampião. Que tal?

— Então, que nem Robin Hood: roubou dos ricos e deu para os pobres.

— Claro que não! Você acha que Lampião dava todo o dinheiro que ele roubava para o povo? Dava uma ninharia, isso sim. Virgulino fazia isso sempre: chegava nas cidades mais humildes, cercava a delegacia, o telégrafo, a linha telefônica e dizia que não faria nada de mal se o prefeito desse uma determinada quantia. Depois desfilava para o povo fazendo seu comercial, dando moedas de ouro para as crianças. Para quê? Para não mudar nada, nadica de nada, e continuarem as mesmas injustiças e a mesma miséria no sertão.

Maria me olhou e suspirou fundo sem um pingo de paciência comigo. Foi arrumando os livros de volta na minha mesa como se nada tivesse acontecido.

— Maria, o que você tá fazendo? Eu não vou mais escrever sobre Lampião!

— Não quer escrever, não escreve. Agora, esses livros que a senhora leu falam de um outro Lampião, que não é o meu, nem o da minha avó. E tem outra coisa: aposto que a mulher da editora não vai trocar Lampião por Frei Caneca. Eu não trocaria.

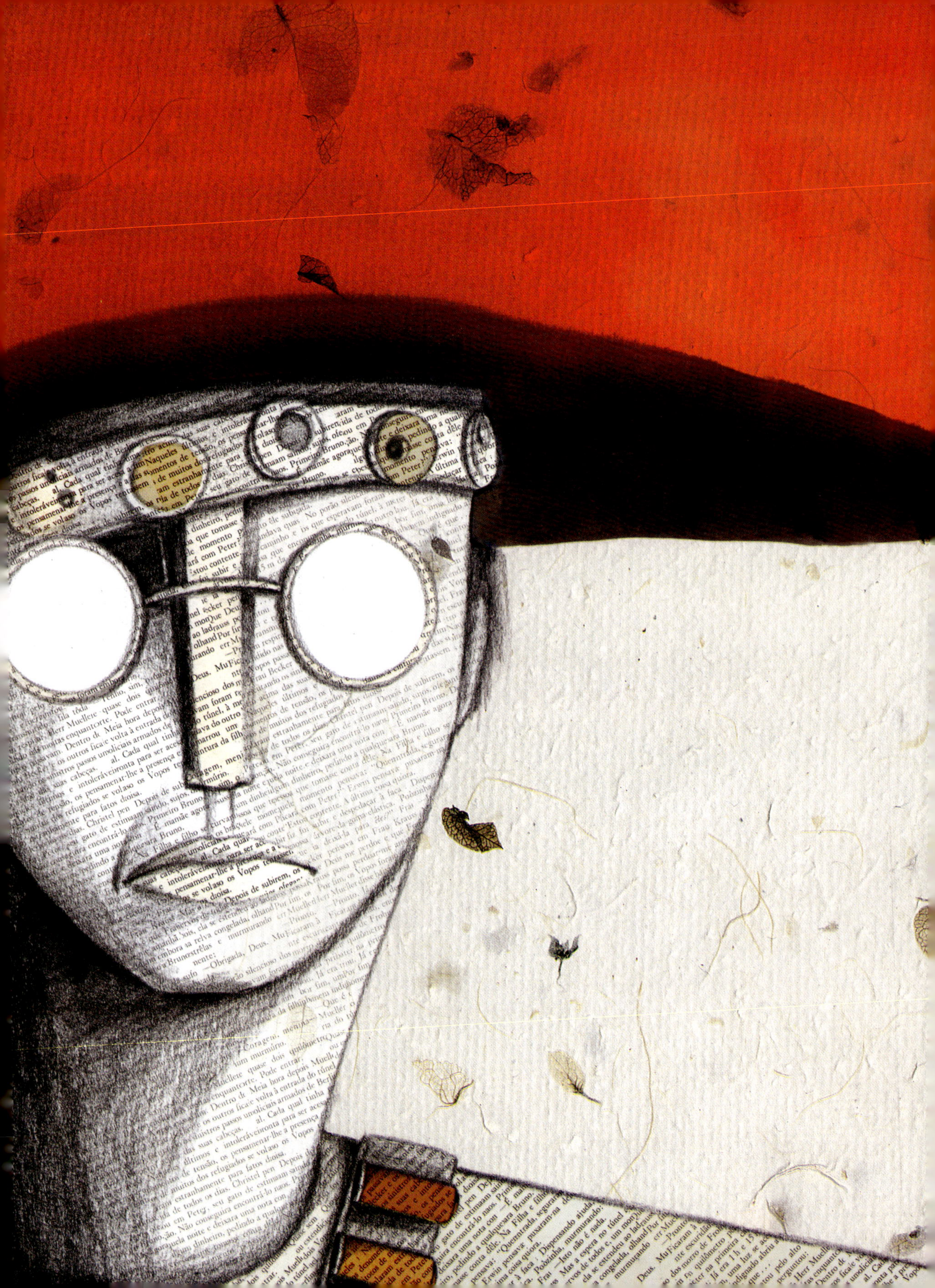

CAPÍTULO 7

DEFINITIVAMENTE A MARIA FOI ENFEITIÇADA POR LAMPIÃO. COMO ASSIM "EU NÃO TROCARIA"? ELA TRABALHAVA COMIGO HAVIA MUITO TEMPO E NUNCA SE INTERESSOU TANTO ASSIM PELO QUE EU ESCREVIA. E AGORA ESSE ATAQUE. MAS O IMPORTANTE É QUE JÁ DECIDI QUE NÃO VOU MAIS ESCREVER SOBRE VIRGULINO. ASSUNTO ENCERRADO. A MARIA ESTÁ INJURIADA LÁ NA COZINHA; DEVE ESTAR SALGANDO A COMIDA E TUDO. E A ARLETE? QUANDO VOU DIZER A ELA QUE MUDEI DE LAMPIÃO PARA FREI CANECA? AMANHÃ. AMANHÃ, SEM FALTA, LIGO PARA ELA. AGORA PRECISO PARAR DE PENSAR EM VIRGULINO. TENHO QUE TIRAR ELE DA MINHA CABEÇA. APAGAR LAMPIÃO DA MENTE. ISSO É O MAIS DIFÍCIL. E SE ELE APARECER AQUI DE NOVO? ESTOU COM MEDO. MEDO DE FICAR LOUCA DE VERDADE.

De médico e louco

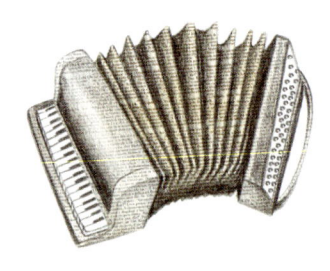

De médico e louco todo mundo tem um pouco e como não tenho nada de médico, só medo – nem remédio tomo, nem em farmácia entro –, o meu lado médico deve ser louco de pedra. Pedi para a Maria dormir aqui em casa hoje. Pedi para ela não sair de jeito nenhum, nem para conversar com seu Euclides na portaria, nem para pôr o lixo para fora. Pareço criança, mas estou com muito medo. Agora que bati em retirada Lampião pode querer se vingar. Ele certamente está com muita raiva de mim. Tenho que ficar atenta, porque, quando Lampião se sentia traído, virava uma fera. Ele teve atos de violência indescritíveis, chocantes. Depois da morte de Levino e de Ezekiel – o irmão mais novo, que mais tarde acabou se juntando ao bando – então nem se fala. Lampião e os cangaceiros perderam a razão e incendiaram casas, mataram sem dó nem piedade. Que medo! Eles estão vindo para cá! Tenho certeza! Vão queimar a minha casa, os meus livros! Vão fazer o que comigo? E com a Maria? Meu Deus! Mas o que estou pensando?! Que loucura é essa?! Essa história de Lampião já acabou. Preciso me acalmar. Vou para o quarto dormir. Mas como? E se ele aparecer no meu quarto? Já sei! Vou dormir como os cangaceiros: com um olho aberto e outro fechado, desconfiando da própria sombra, com medo da polícia chegar. Entro no meu quarto e me jogo na cama. Se eu tivesse um cachorro como os cangaceiros, seria o ideal. Um cão para farejar, para me alertar se Lampião aparecer... E por falar em farejar, que cheiro enjoado de perfume é esse? Isso é cheiro de... cangaceiro! Levantei sobressaltada: Lampião?! É você?! Virgulino? É você?! Olhei o quarto todo e não vi ninguém. Vi debaixo da cama e nada. Pensei comigo mesma: Helena, calma, não tem ninguém aqui.

Deitei novamente e tentei dormir. Tento não pensar em nada. Dormir, só dormir. Mas no meio do sono ouço uma música e ela vai ficando cada vez mais alta e mais alta até chegar no meu quarto:

"Acorda, Helena Marconi!
Levanta pra escrever meu livro
que o dia já vem raiando e a editora já tá de pé!"

Levantei assustada e não acreditei no que vi: era Lampião que cantava e tocava sanfona. Dona Helena, dormindo a essa hora?! Com o sol a pino! Vamos deixar dessa leseira, mulher! Comecei a gritar: Me deixa em paz! Sai do meu quarto! Desisti de você! Sai daqui! Me diga uma coisa, dona Helena, a senhora vai ficar arriada aí até quando? Posso saber? Até quando eu quiser! Você não tem nada com isso! Não vou mais escrever a sua história! Desisti de você. A senhora pode ter desistido de mim, mas os meninos não. Eles tão assuntando, tão querendo saber tudo dos cangaceiros. Você fez alguma coisa com as crianças! Você enfeitiçou elas! Eu?! Oxente, e eu lá sou feiticeiro, mulher?! Dona Helena, vamos deixar dessa conversa mole e vamos lá ver as perguntas dos meninos. Lampião me puxou pelo braço: Me larga! Venha! Mas que lerdeza! Não vou mais escrever sobre você! Mas que diacho! A senhora é teimosa feito uma mula! Venha! Me larga! Me lar...

De repente acordei. Olhei para um lado e para outro, Lampião não estava mais ali no meu quarto me puxando. Que alívio! Que bom! Foi um pesadelo. Que bom! Só pode ter sido um pesadelo. Puxa, nem dormindo eu me livro desse cangaceiro!

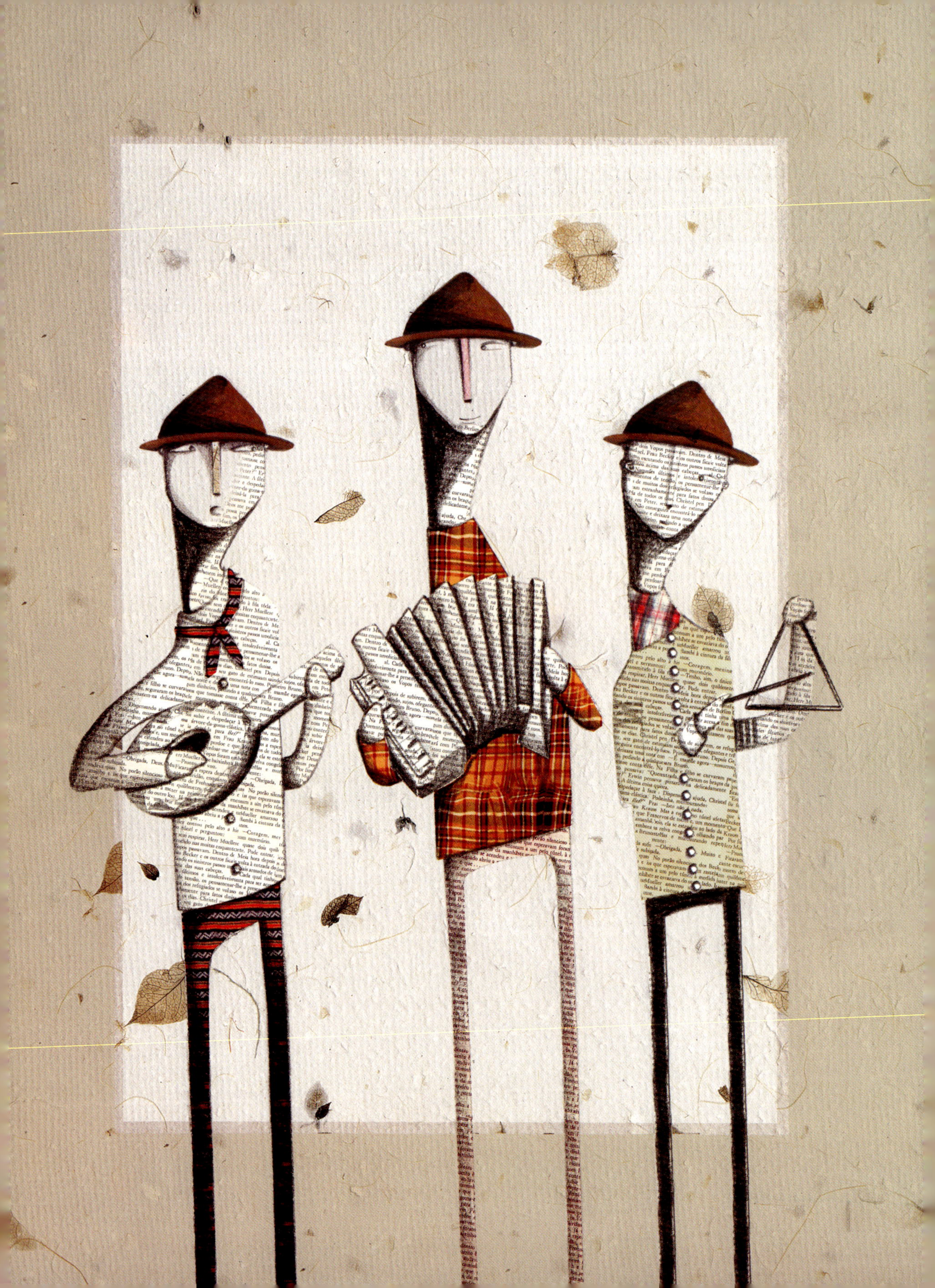

CAPÍTULO 8

Levantei e fui direto para o computador. Lampião tinha razão! Ou melhor, meu pesadelo estava certo. A minha caixa de mensagens estava cheia de e-mails das crianças! E os assuntos eram todos relacionados ao cangaço: "A dança da Maria Bonita", "A cabeça do Lampião", "A Maria Bonita era bonita?", "Resumo do livro do Lampião..." Resumo do livro?! Quisera eu ter o resumo do livro! Mas e agora? O que fazer? Esses meninos estão todos enfeitiçados! O que escrever para eles? Vou dizer a verdade, que não vou mais escrever essa história. Que essa história chegou ao fim. Vou começar com esse aqui da Luiza: "A dança da Maria Bonita".

"Querida Helena,

Como vai? Meu nome é Luiza, sou aluna do Colégio Apoio aqui na Casa Amarela, bairro do Recife, e tenho 10 anos. Sou sua leitora e já li todos os seus livros e o que mais gostei foi o do Drummond. Eu achei a sua ideia muito engraçada de fazer a estátua do Drummond tomando vida e saindo do calçadão de Copacabana e passeando pela cidade. E todo mundo achou que a estátua tinha sido roubada! Minha professora me disse que o seu próximo livro é sobre o Lampião e eu fiquei supercuriosa porque aqui no colégio a gente já apresentou a dança da Maria Bonita e foi muito legal. Isso era uma coisa que eu queria saber: quando as mulheres entraram no bando de Lampião? E o que elas faziam? Elas lutavam ou elas cozinhavam? Lampião e Maria Bonita tiveram filhos? Eu queria ser cangaceira que nem a Maria Bonita. Estou te mandando uma foto minha de Maria Bonita.
Tudo de bom para você!
Luiza
Obs.: os meus apelidos são: Lu, Lulu, Lula e Lulula."

Que gracinha de e-mail! Como a Luiza é fofa. E olha ela de Maria Bonita! Mas espera aí... Como essa professora sabia que eu ia escrever sobre Lampião?! Ai, meu Deus, aí tem coisa! Feitiço, na certa! Não, Helena, calma, não exagera. As editoras divulgam os próximos lançamentos para as escolas. É só uma professora do Recife que soube do livro do Lampião e ele é simplesmente o maior mito do Nordeste depois do Padre Cícero. Mas e agora? Não vou mais escrever livro nenhum. Bom, mas não custa nada responder.

"Luiza,

Tudo bem?

Adorei o seu e-mail e você está linda de Maria Bonita. Você é a Luiza Bonita. Que bom que você gostou do livro do Drummond. A Maria Bonita, que se chamava Maria Déia, foi a primeira mulher a entrar para o bando de Lampião. Virgulino conheceu primeiro os pais dela, que tinham uma fazenda na região de Jeremoabo, na Bahia. Lampião era muito temido mas ao mesmo tempo as pessoas tinham admiração por ele e muitos fazendeiros o acolhiam em troca de proteção. Maria Bonita já era casada quando conheceu Virgulino, no entanto não se dava bem com o marido e nessas brigas voltava sempre para a casa dos pais. Um dia, os dois se encontraram. Ela estava com 20 e poucos e ele 33 anos. Foi amor à primeira vista. Depois de alguns dias, Lampião levou Maria com a bênção da mãe. Muitos outros cangaceiros se casaram ou se juntaram depois da chegada de Maria ao bando; as mulheres não participavam dos ataques. Elas aprendiam a atirar só para se protegerem. Como não havia casa para arrumar, elas costuravam as roupas dos cangaceiros, bordavam aquelas bolsas lindas e cuidavam dos maridos. Uma coisa muito boa que aconteceu com a entrada das mulheres no cangaço foi o fato de a violência, que era muita, ter diminuído. Quando elas ficavam grávidas – naquela época era normal uma mulher sertaneja ter de 15 a 20 filhos –, Lampião é que fazia os partos, porque na juventude ele cuidou dos animais na fazenda do pai. Quando uma criança nascia, ela ficava pouco tempo com os pais porque a vida deles era uma correria. Uma vez, uma cangaceira chamada Joana Gomes, logo depois de ter dado à luz, já estava montada a cavalo fugindo da polícia. Geralmente os cangaceiros ficavam algumas

semanas com seus filhotes e depois davam os bebês para padres, vaqueiros ou fazendeiros criarem. Essa parte é bem triste da vida dos cangaceiros. Lampião e Maria Bonita tiveram uma menina chamada Expedita em 1932 e ela foi dada para um coiteiro em Sergipe. Eles sempre que podiam visitavam a filha. Depois que Lampião e Maria Bonita morreram, Expedita ficou sob a tutela do João Ferreira, único irmão de Lampião que não entrou para o cangaço.
Luiza, adorei seu e-mail. Um grande beijo e tudo de bom!
Helena Marconi
Obs.: Os meus apelidos são: Lelê, Lenoca, Lena e Leninha."

Pronto. Mensagem respondida. Mas... e as outras? Helena, você tem que responder a todos os leitores. Será? Mas é muita coisa! Pelo menos mais um ou dois... Deixa eu abrir esse aqui: "A cabeça do Lampião foi para um museu?"

"Helena Marconi,
Tudo bem? Meu nome é Luiz Guilherme e estudo no Colégio Uirapuru aqui de Sorocaba. Li o seu livro sobre o Noel Rosa e achei bem legal e olha que isso é difícil porque a maioria dos livros que li eu odiei. O seu foi o primeiro que gostei, apesar dele ser um pouco grande. Meu professor disse que o seu próximo livro é sobre Lampião e eu adoro ele. Meu avô é de Pernambuco e sempre me conta as histórias dele. Meu avô disse que depois que Lampião morreu cortaram a cabeça dele e depois mandaram para um museu. Mas como é que pode? Isso é verdade? Por que eles fizeram isso? Bom, espero ler o seu livro logo!
Um beijo,
Luiz Guilherme"

Puxa, que bacana! O primeiro livro de que ele gostou foi meu! Essa mensagem também não parece feitiço. Mas como falar de um assunto tão violento, tão medonho com uma criança? Bom, vamos tentar:

"Luiz Guilherme,
Tudo bem? Obrigada pelo seu e-mail. Que legal que você gostou do livro do Noel Rosa. Mas respondendo a sua pergunta, a polícia começou a cortar as cabeças dos cangaceiros mortos para ter uma prova. Na verdade, essa barbaridade não ocorria somente no Brasil; muitos países também expunham as cabeças dos seus bandidos. Depois, a polícia exibia as cabeças como se fossem verdadeiros troféus e após serem fotografadas, eram levadas para o Museu Nina Rodrigues, em Salvador, para serem estudadas. Na época, muitos cientistas e médicos seguiam uma teoria maluca de um criminologista italiano chamado Cesare Lombroso que acreditava que a fisionomia de uma pessoa poderia estar relacionada com o fato de ela ser criminosa ou não. Puro preconceito. Mas isso já foi superado. O crime no sertão é uma questão social e lá o que mais havia era injustiça social.

Depois que Lampião e Maria Bonita foram mortos, os policiais cortaram as cabeças deles e dos outros nove cangaceiros e elas foram expostas em Piranhas, uma cidade em Alagoas e depois na capital, em Maceió. Mais tarde, em 1940, as cabeças de Virgulino, Maria Bonita, Corisco e outros cangaceiros foram levadas para o Museu Nina Rodrigues para serem medidas e classificadas. Depois foram mumificadas. Elas ficaram expostas até 1969, quando foram enterradas a pedido das famílias dos cangaceiros. Quando o homem estava chegando à Lua, as cabeças dos cangaceiros foram finalmente sepultadas. Dá para acreditar nisso? Essa história é macabra, não é mesmo? Devia ser um museu dos horrores. Mas foi o que aconteceu, infelizmente. Espero que você não tenha pesadelo com essa história.

Bom, Luiz, um abraço para você e para o seu avô!

Helena Marconi"

Chega! Eu não vou falar mais de Lampião com ninguém! Que assunto mórbido! Eu falando com crianças sobre cabeças cortadas e pais que se separam dos filhos? Que horror, que horror! Por que tenho que falar disso com as crianças? Não tem sentido. Só fico imaginando as perguntas no "Caderno de Atividades": "Pinte de vermelho-sangue as áreas do Nordeste onde Lampião e seu bando saquearam mataram, roubaram e incendiaram." "Quantas cabeças ao todo foram degoladas?" "Quantos cangaceiros morreram?" "Quantos policiais?" "Quantas mulheres foram violentadas?" "Quantas cangaceiras entregaram seus filhos aos prantos?" "Quantos bebês perderam seus pais?" Não! Chega! Não vou escrever sobre Lampião! Não vou responder mais a esses e-mails! Chega de Lampião!

De repente, toca o telefone. Ah, meu Deus, só espero que não seja meu pai, nem minha mãe. Mas é exatamente a essa hora que eles me ligam. A Maria com certeza ligou para eles e contou tudo, que rasguei as fotos, que vou dar os livros. Agora o Marconi vai me espinafrar e vai dizer assim:

— Lelê, francamente, minha filha, você não pode desistir do Lampião. Você tem um contrato assinado. Isso não é correto.

E eu vou responder:

— Mas, pai, eu estou ficando louca. Vou parar num hospício! Estou vendo Lampião por todo lado!

E ele vai retrucar:

— Mas, minha filha, isso não é motivo para não escrever o livro!

E eu pasma:

— Ah, não é?!

Meu pai, o famoso Marconi, não o físico, o historiador, o campeão de livros didáticos. Tão preso a datas, fatos e épocas. Na infância, o Heitor e eu decorávamos cada ano, cada local, cada nome, cada bandeira, cada tudo com ele. Nós éramos os melhores alunos de história. Mesmo no exílio, nós sabíamos mais a História da França do que os nossos amigos franceses. Todo mundo colava da gente. Mas na adolescência me rebelei. Fumei um baseado no banheiro? Não. Dormi fora de casa? Não. O que fiz eu então? Tirei um 5 na prova de história. Essa foi a minha "grande" revolta na adolescência. Meu pai ficou uma semana sem falar comigo. Mais tarde, como não podia deixar de ser, meu irmão e eu fizemos História. Depois de alguns períodos, escapei (mudei o rumo da minha história): fui para letras, estudar literatura e sonhar em ser escritora. Queria entrar no reino das palavras. Das palavras inesperadas. Queria me surpreender. Viver uma história ainda não vivida, não sabida. Inventar uma história que não sirva para nada. Que não sirva absolutamente para nada.

Mas tudo isso ficou para trás, porque, na verdade, minhas histórias servem para informar. Escrevo sobre pessoas que existiram de verdade. Não invento nada. Escrevo biografias para crianças, com datas, fatos e caderno de atividades para depois da leitura. Escrevo livros didáticos exatamente como os livros do meu pai. Eles não são vendidos em livrarias, mas sim em papelarias, ou nas próprias escolas, exatamente como os livros do meu pai. Escrevo a história de artistas geniais. Sei de tudo da vida deles, mas da minha não sei nada. Não acertaria nenhuma pergunta do Caderno de Atividades sobre a minha vida: "Por que Helena Marconi escreve biografias e não ficção?" "Por que o Cláudio, namorado da personagem, sumiu da história e nunca mais apareceu?" "Por que ela não consegue escrever no computador?" "Por que Helena culpa seu pai por não escrever ficção?" "Quando a vida de Helena vai entrar em algum livro dela?" E a pergunta que não quer calar: "Quando ela vai atender o telefone?" Essa é fácil. Agora:

— Alô.
— Boa-tarde, eu gostaria de falar com a dona Helena Marconi.
— É ela.
— Dona Helena, meu nome é Gisleide, eu sou da American Express Card.
— Eu esqueci de pagar o cartão?!

— Não, é que nós da American Express Card estamos oferecendo para senhora um seguro de vida para acidentes pessoais, morte acidental, invalidez total ou parcial.

Que horror! "Morte acidental"?! "Invalidez total ou parcial!?" Por que essa mulher está dizendo essas coisas para mim?!

— Obrigada, mas eu não estou interessada.

— Mas, dona Helena, esse seguro só vai custar mais 10 reais no seu cartão e ele ainda cobre queimadura a ferro em brasa no rosto e nas nádegas, espancamento e estupro.

Essa mulher pirou!

— Como é que é?!!!

— É isso mesmo. Agora os cangaceiros exigem uma norma de conduta das mulheres nas regiões que eles dominam: de mulher com cabelos cortados e vestido curto, o Capitão Virgulino não gosta, por isso são espancadas e até marcadas com ferro em brasa. Eu sei que a senhora vive no Rio de Janeiro, mas os cangaceiros podem chegar até aí. É preciso estar prevenida. A senhora não gostaria de fazer o nosso seguro?

Desliguei o telefone apavorada. Fui para o banheiro e me olhei no espelho: estava mais branca do que nunca. Virei um fantasma. Não posso ter ouvido o que ouvi! Mas ela disse "de mulher com cabelos cortados e vestido curto, o Capitão Virgulino não gosta, por isso elas são espancadas e até marcadas com ferro em brasa". Ela disse isso! Como ela poderia saber disso? Essa mulher está enfeitiçada também. Isso foi um aviso de Lampião. Ai, meu Deus! Ele tá vindo aí! Vai me espancar, me queimar com ferro em brasa! Maria passou pela sala e me viu branca no banheiro:

— Que foi? A senhora tá com uma cara! Parece que viu um fantasma.

— A mulher do cartão de crédito ligou e me ofereceu um seguro que cobre ferro em brasa no rosto e espancamento.

— Que horror! De onde ela tirou isso?

— Isso aconteceu de verdade com algumas mulheres no sertão. Zé Bahiano, do bando de Lampião era o encarregado de marcar as mulheres que não andavam nos eixos na visão deles.

— Mas como a mulher do cartão ia saber disso?

— Não tenho ideia. Maria, acho que não estou bem...

— Dona Helena, vem pra sala — disse me levando para o sofá. — A senhora comeu alguma coisa hoje? Acho que o mal da senhora é fome. Olha, a senhora tá branca!

— Maria, o que tá acontecendo comigo? Estou ficando louca de verdade...

— Todo mundo é louco, dona Helena. A senhora acha que existe alguém normal? Olha, fica aqui que eu vou fazer um suco. Vou ligar o rádio pra senhora ouvir uma musiquinha, tá?

Maria foi para a cozinha. As coisas estão muito estranhas. Não estou entendendo nada dessa história. Por que não era meu adorado pai ao telefone me perguntando sobre o Prestes? Por que não era minha querida mãe me chamando para almoçar? Por que tinha que ser aquela mulher do cartão falando sobre espancamento? Tipo de coisa que não vou comentar de jeito nenhum com as crianças. Como é que eu iria explicar isso para elas? Como é que os cangaceiros tiveram a audácia de impor regras absurdas para as mulheres? Quem eles pensavam que eram? Uns covardes, isso sim! Uns loucos, fanáticos, isso sim! Ainda bem que não vou mais escrever essa história. Ia fazer o que com essas mulheres marcadas cruelmente que nem gado? Esconder embaixo do tapete e fingir que nada disso aconteceu? Ai, meu Deus, por que esse cangaceiro não sai da minha cabeça? Acho que vou ter que quebrar a cabeça para tirar ele de dentro de mim. Ei! Mas... espera aí! O que esse cara da rádio está dizendo?!

"Amigo ouvinte, vamos à enquete do dia: você acha que o Padre Cícero agiu bem ao convocar Lampião e seu bando para combater a Coluna Prestes? Ligue! Participe! Dê a sua opinião. Acesse www..."

Como é que é?! Mas isso foi em 1926, em Juazeiro do Norte, no Ceará! Eu não estou entendendo nada! Me internem! Ei! Espera aí, Helena! Isso é feitiço de

Lampião também! É óbvio que ele está por trás de tudo isso. Ele quer me fazer acreditar que estou louca. É isso. Ele quer que eu pire de vez. Quer que eu perca a cabeça! Primeiro a mulher do cartão de crédito e agora essa rádio! Isso só pode ser feitiço! Aposto que... se eu ligar a TV alguém vai falar de Lampião. Ligo a TV. Ah, eu não disse?! Olha lá, Lampião todo prosa, desfilando com seu bando por uma cidade, cheio de curiosos em volta. E como sempre está fazendo gênero de bom samaritano, jogando moedas para as crianças e mendigos da cidade. Mas que cidade é essa? E olha aquela repórter, a Maria Aparecida. Deixa eu aumentar o volume:

— Estamos aqui em Juazeiro do Norte, no Ceará, terra do Padre Cícero. Virgulino Ferreira chegou ontem à noite com seu bando e hoje está passeando, visitando a família e fazendo compras na cidade. O povo pouco a pouco vai perdendo o medo do famoso cangaceiro e está se aproximando. Lampião foi chamado pelo Padre Cícero e pelo deputado Floro Bartolomeu para entrar na campanha do Batalhões Patrióticos contra os revoltosos da Coluna Prestes, grupo de militares que andou pelo interior do Brasil comandados por Luís Carlos Prestes. O cangaceiro foi perdoado do seu passado criminoso e foi nomeado Capitão do Batalhão Patriótico. E agora vamos fazer umas perguntas para Lampião:

"Capitão Virgulino, por que o senhor aceitou o convite do deputado Floro Bartolomeu para combater a Coluna Prestes e virar soldado?"

— Arre, eu aceitei o convite foi de meu padim Padi Ciço. Foi ele que me chamou.

— E o senhor vai virar soldado? Como é que o senhor se sente?

— Eu me sinto muito bem, oxente! Como é que eu havera de me sentir?!

— E o que o senhor acha da Coluna Prestes?

— São uns bandidos que andam matando e roubando.

— Mas, Capitão, os soldados da Coluna Prestes não matam nem roubam ninguém. São revoltosos. Mas e o senhor? O senhor não roubou dos fazendeiros?

— Não. Eu só peço dinheiro para os meus amigos. E agora eu queria apresentar os meus cabras que tão comigo há mais tempo: meu irmão, Antônio Ferreira,

Sabino, Luís Pedro, Juriti, Xumbinho, Nevoeiro, Vicente e Jurema. E agora eles vão cantar pra vocês a "Muié Rendeira".

— Maria Aparecida, aqui de Juazeiro, no Ceará, nesse momento histórico em que o famoso cangaceiro, Virgulino Ferreira, vulgo Lampião, deixa de ser bandido para se tornar Capitão Virgulino e defender o Ceará da Coluna Prestes!

Eu não acredito no que estou vendo. Dá para acreditar nisso? Os cangaceiros estão cantando em coro a "Mulher Rendeira"! A música que eles entoavam para atacar uma cidade agora é um sucesso em Juazeiro. Que página triste da nossa História. Aliás, página triste na nossa História é o que não falta. Um político, Floro Bartolomeu, inventa de transformar Lampião em herói, e ainda põe o Padre Cícero no meio. Padre Cícero era considerado um santo pelo povo, um padre milagreiro. Tudo isso aconteceu em 1926, quer dizer, ainda tivemos 12 anos de cangaço para aguentar, porque é lógico que nenhum estado aceitou que Lampião tivesse se tornado capitão da noite para o dia. Em Pernambuco, Virgulino e seu bando foram recebidos a bala e foi aí que ele se deu conta que essa nomeação não valeu de nada. Desapontado, voltou para Juazeiro, com o firme propósito de se regenerar como Antônio Silvino, mas Padre Cícero, que já não aguentava tantas críticas e acusações de ter se tornado o protetor de Lampião, não quis recebê-lo. Virgulino, então, voltou com todo gás para o cangaço, atacando cidades, matando delegados, policiais e violentando mulheres como nunca. Mas... será que eu vi isso de verdade na TV? E se eu mudasse de canal? O que passaria de Lampião? Mudo para o 39. Nada. É só um jogo de futebol. Mas que times são esses?! Espera aí... Um time parece que está fantasiado de cangaceiro e o outro de soldados, padres, gente comum, gente do povo! Que jogo é esse?!

— Alô, amigos do Sportv, estamos aqui vendo essa sensacional partida entre os times Cangaceiros Futebol Clube e Mossoró Clube! De um lado, Capitão Virgulino e seu bando e de outro, o prefeito da cidade, sr. Rodolfo Fernandes e seu povo. É isso mesmo, amigos do Sportv, como o prefeito não tinha jogadores suficientes para defender a cidade, ele chamou a população de Mossoró para lutar, quer dizer, para jogar. O time dos cangaceiros é formado por: Lampião, Modesto, Meia-Volta, Juriti, Jararaca e mais de 60 cangaceiros. No time de Mossoró jogam: o prefeito, padres, professores, bancários, telegrafistas, ferroviários, cidadãos comuns, soldados, uns 150 ao todo. E atenção, o juiz apitou e iniciou a partida. Capitão Virgulino está vindo com tudo e exigiu do prefeito 500 contos de réis... dinheiro à beça, meus amigos... o prefeito pegou a bola fácil fácil de Lampião e disse que não pagava nem um tostão furado e que seu povo estava preparado para jogar. Virgulino ficou fulo e mandou os cangaceiros atacarem sem dó nem piedade. Os cangaceiros começaram a cantar "Mulher Rendeira", estão gritando vivas e partindo para cima dos mossoroenses. O juiz ameaçou com cartão vermelho quem usasse armas e não aceitou ser corrompido pelos cangaceiros. Isso sim é que é juiz! Um cabra da peste! Você aí, que está no aconchego do seu lar, vai assistir a uma partida histórica que o Sportv passa com exclusividade para você. Olha aí, a bola rolando, minha gente! Jararaca que passa pra Juriti, que joga para Meia-Volta e, olha lá, eles estão avançando para o gol, mas a defesa dos mossoroenses é imbatível. A turma da igreja é a que tem mais fé, o pessoal do telégrafo é o mais comunicativo e o grupo da estação ferroviária está vindo com tudo! Mas olha só, minha gente, o prefeito pegou a bola e correu para o ataque. Olha lá, olha lá! É gol! Gooooool de Mossoró! O Capitão Virgulino está de queixo caído, ele não sabe o que fazer. Lampião está perdido. Nunca jogou contra uma cidade tão importante. Cinco cangaceiros já saíram de campo e agora esse gol. Essa partida está sendo um vexame para os cangaceiros, amigos do Sportv. Ei, mas o que está acontecendo, minha gente, ninguém está acreditando nisso! Amigos do Sportv, os cangaceiros estão fugindo de campo! É isso mesmo! Lampião mandou todo mundo correr do estádio. Eles estão debandando! Os mossoroenses venceram a batalha, quer dizer o jogo! Grande Mossoró, a cidade que conseguiu pôr os cangaceiros para correr! Esse dia, 13 de junho de 1927, nunca vai ser esquecido pelo nosso povo! Viva Mossoró!"

Desligo a TV, pasma. Isso realmente aconteceu. Não o jogo, mas o ataque. Mossoró se defendeu bravamente dos cangaceiros e os pôs para correr. Lampião, depois do susto, chegou a comentar numa entrevista que "da torre da igreja, até santo atirava na gente". Agora, por que ele resolveu atacar a segunda maior cidade do Rio Grande do Norte ninguém entende. Virgulino costumava assaltar cidades pequenas e em Mossoró já havia escolas, bancos, cinema, tudo. Depois da retirada estratégica, Jararaca, um dos cangaceiros mais temidos do bando, não conseguiu fugir e foi preso. Na delegacia, abriu o verbo e disse que muitos delegados e coronéis apoiavam Lampião em troca de proteção. Depois o cangaceiro foi levado para o hospital da cidade, só que "estranhamente" morreu no caminho e foi direto para o cemitério. Mas por que essas coisas estão passando na TV?! Feitiço. Não tem outra explicação. Lampião quer me convencer de que estou louca. Se eu ligar na MTV, os Cangaceiros estarão cantando "Acorda, Maria Bonita" em ritmo de rock. Se ligar na Rede Vida, estarão rezando a "Oração da Pedra Cristalina": "Treme a terra mas não treme Nosso Senhor Jesus Cristo no Altar/assim treme os coração dos meus inimigos quando olharem pra mim." No SBT, em vez de Sílvio Santos, Lampião estará no comando, jogando dinheiro para plateia: "Quem quer dinheiro?!" Mas e agora? Eu vou passar a vida vendo Lampião por todo lado? Preciso fazer alguma coisa! Mas o quê? Vou a um pai de santo? Uma cartomante? Um astrólogo? Sento em frente à máquina e escrevo essa história de uma vez? Não sei. Não sei o que fazer. Acho que vou andar. Preciso sair. É muita energia concentrada. Preciso respirar. Ver o dia, a rua. Ver gente. Gente de verdade. E quem sabe o feitiço de Lampião esteja só aqui no meu apartamento?

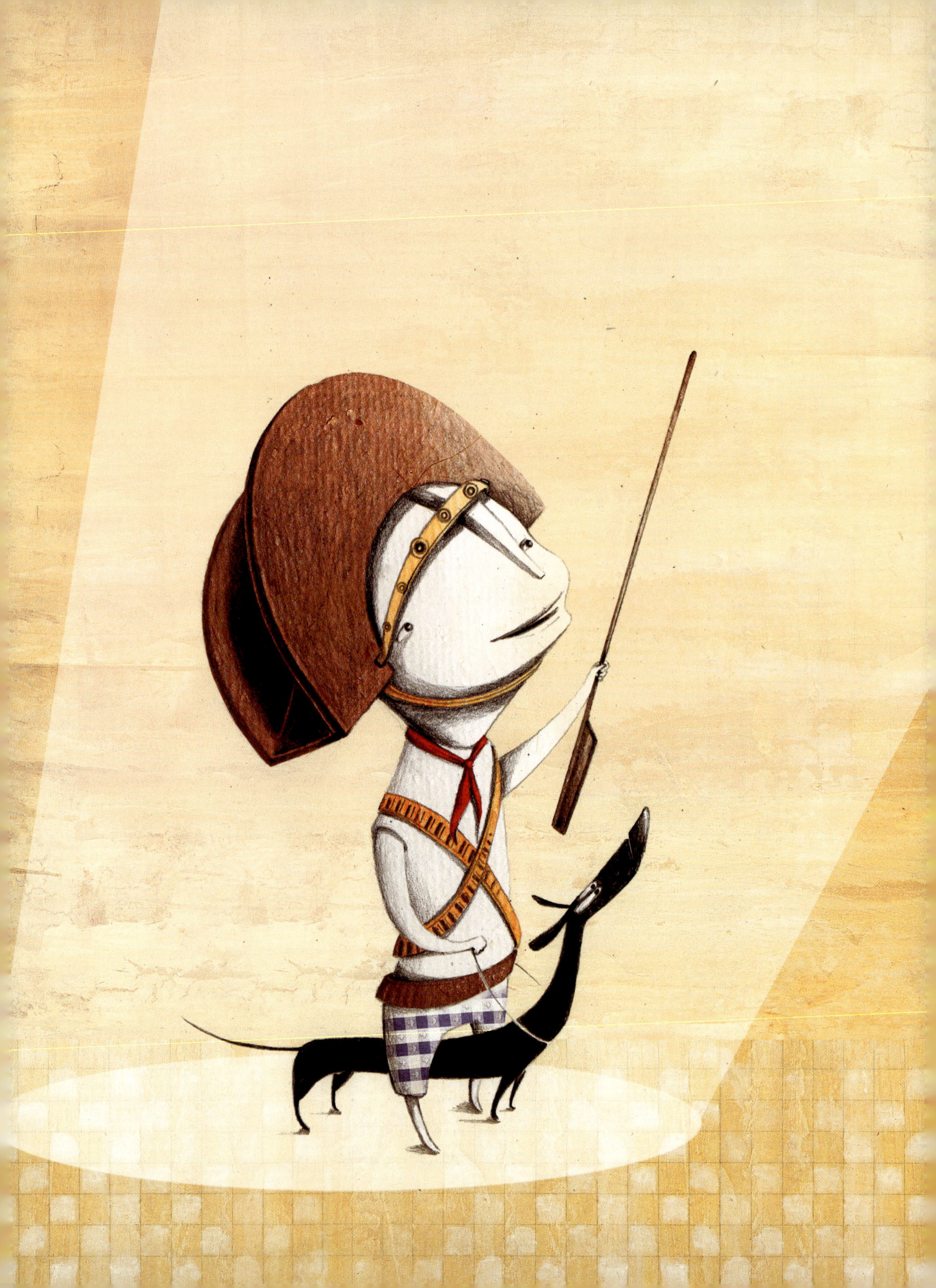

CAPÍTULO 9

DOCE ILUSÃO. SAIO DE CASA E DOU DE CARA COM O VITOR, MEU VIZINHO, FANTASIADO DE LAMPIÃO. FIQUEI PERPLEXA: ELE ESTAVA COM CHAPÉU DE CANGACEIRO, UM REVÓLVER DE BRINQUEDO E UM LENÇO VERMELHO AMARRADO NO PESCOÇO!

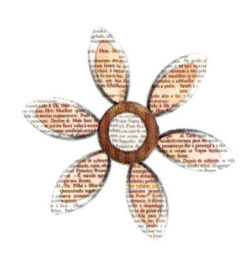

— Oi, Helena.

— Oi, Vitor. Por que você tá com essa roupa?! Quem te deu esse chapéu?! Foi Lampião?

— Lampião?! Não. Foi a minha tia. Ela trouxe da Bahia. Mas Lampião taí mesmo? Ele tá morando aí com você?

— Não. Lampião não mora mais aqui. Quer dizer... Lampião nunca morou aqui. Quem te disse isso?!

— A Maria.

— O quê?! Eu não acredito que a Maria fica espalhando para o prédio todo que eu vejo Lampião!!! Aposto que agora sou a louca do prédio.

— Mas ele tá aí ou não tá?

— Não. Claro que não, Vitor. Isso é brincadeira minha e a boba da Maria acredita.

— Ah, que pena. Queria ver ele.

Aquilo não era normal. Um menino brincando de cangaceiro em pleno Rio de Janeiro? Hoje em dia as crianças não podem nem cantar o "Atirei o pau no gato", quanto mais se vestirem de cangaceiro. Por que ele não está fantasiado de homem-aranha como todo menino normal? Mas espera aí, Helena, as tias, quando vão ao Nordeste, realmente trazem para os sobrinhos um chapéu de cangaceiro. Isso é muito normal. Eu mesma brincava de Lampião e Maria Bonita com meu irmão quando era pequena.

— Helena, o Lampião gostava de criança?

— Gostava.

— E tinha criança cangaceiro?

— Tinha. Meia-Volta entrou ainda criança no bando.

— É mesmo? E ele matava? Roubava?

— Matava e roubava, fazia de tudo. Era um dos mais cruéis. Mas, Vitor, eu preciso te dizer uma coisa...

— Que você não vai mais escrever sobre Lampião? Eu já sei.

— Mas como é que você sabe?!

— A Maria me contou.

— O quê?! Mas que coisa! A Maria é a maior fofoqueira da paróquia!

— Helena, eu sei que você tá sem ideia pra escrever. Mas eu tenho uma ideia pra você.

— Tem mesmo?! Que ideia?

— Por que você não faz uma história de um menino que ganhou um chapéu de cangaceiro mágico da tia? E aí o chapéu faz ele viajar no tempo e conhecer Lampião e aí o menino vira cangaceiro.

— E esse menino por um acaso se chama Vitor?

— Como é que você adivinhou?

— Mas, Vitor, no livro da Carmem Miranda, eu fiz uma menina viajando no tempo. Acho que, se eu fizer a mesma coisa no Lampião, vai ficar meio repetitivo, não?

— Não. Agora é um menino. E olha, eu já tenho a capa do livro. Toma.

O Vitor me deu um desenho e entrou em casa. O desenho era de um menino vestido de cangaceiro com chapéu, alforje, cartucheira e alpercatas. Todo colorido. Lindo. Era a capa do livro pronta:

VITOR, O MENINO CANGACEIRO
ESCRITO POR: HELENA MARCONI.
CAPA E IDEIA DO LIVRO DE: VITOR HUGO.

Acho que depois dessa vou ter que escrever esse livro de qualquer jeito.

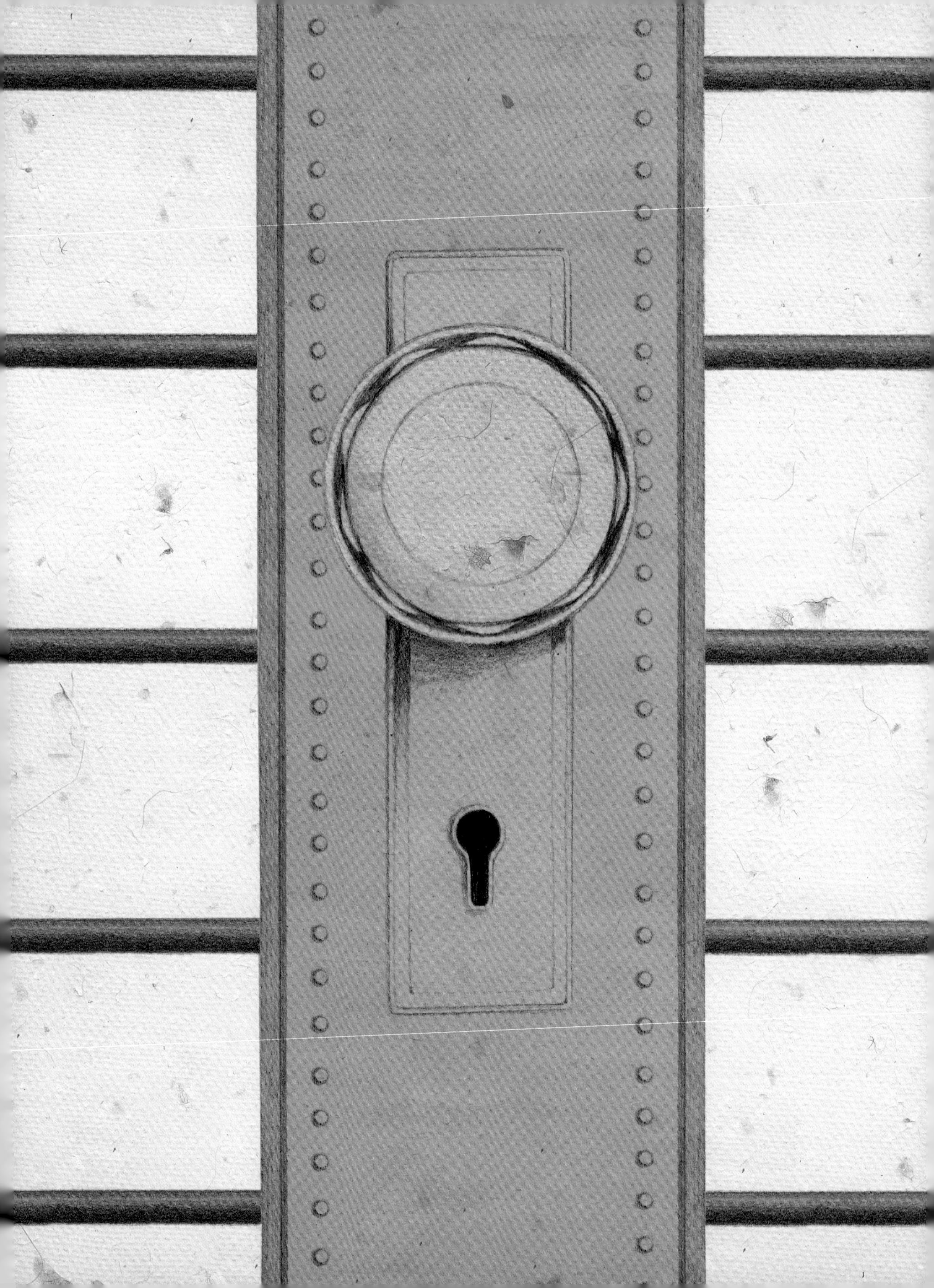

CAPÍTULO 10

PEGUEI O ELEVADOR COM O MAIOR MEDO DE ENCONTRAR ALGUM VIZINHO, MAS NÃO TINHA NINGUÉM. PASSEI RÁPIDO NA PORTARIA E NINGUÉM TAMBÉM, MAS, DE REPENTE, SEU EUCLIDES SURGIU DO NADA.

— Dona Helena, é verdade que a senhora desistiu...

— É. É verdade. Minha porta-voz já anunciou para todo o prédio, não é?

— É uma pena que a senhora não vai mais escrever sobre Lampião...

— Ah, seu Euclides, mas eu vou escrever sobre Frei Caneca, esse sim foi realmente um...

Seu Euclides me interrompeu e me olhou fundo nos olhos:

— Mas é que Lampião era um homem do povo. Um homem bom. Um sertanejo como eu. Um nordestino que virou herói. Uma pena que a senhora não vai mais escrever o livro dele.

Nos olhos do seu Euclides eu vi tudo. Olhos de decepção. Seu Euclides é um nordestino que deve ter comido o pão que o diabo amassou para ser o porteiro-chefe desse prédio aqui na Voluntários. Ele é mais herói que Lampião e não sabe. E não vai adiantar nada dizer que Frei Caneca era de Pernambuco, que na infância vendia canecas nas ruas do Recife, que lutou bravamente pela independência do Brasil e que, na hora da sua execução, nenhum carrasco teve coragem de enforcá-lo. Lampião teve momentos de bondade, eu sei. Era um homem de palavra e era generoso com quem ele simpatizava. Pagava bem aos coiteiros e comerciantes. Dava dinheiro para as crianças, deixou de matar um ou outro, mas isso é uma ninharia diante das atrocidades que ele fez! Mas isso não importa. O que importa é o mito. O que importa é o que Lampião deixou na imaginação do povo. Um homem bom, caridoso, que enfrentou os coronéis e que, pela coragem e esperteza, virou o Governador do Sertão. E quando os historiadores defendem que Virgulino Ferreira da Silva não foi herói, isso não vale de nada. Quando dizem que o cangaço foi o fruto, o sintoma de uma sociedade profundamente injusta do sertão, controlada pelos coronéis, onde a lei e o crime são a mesma coisa, isso não tem a mínima relevância. A realidade histórica não vale nada. Vi tudo isso no fundo dos olhos do seu Euclides.

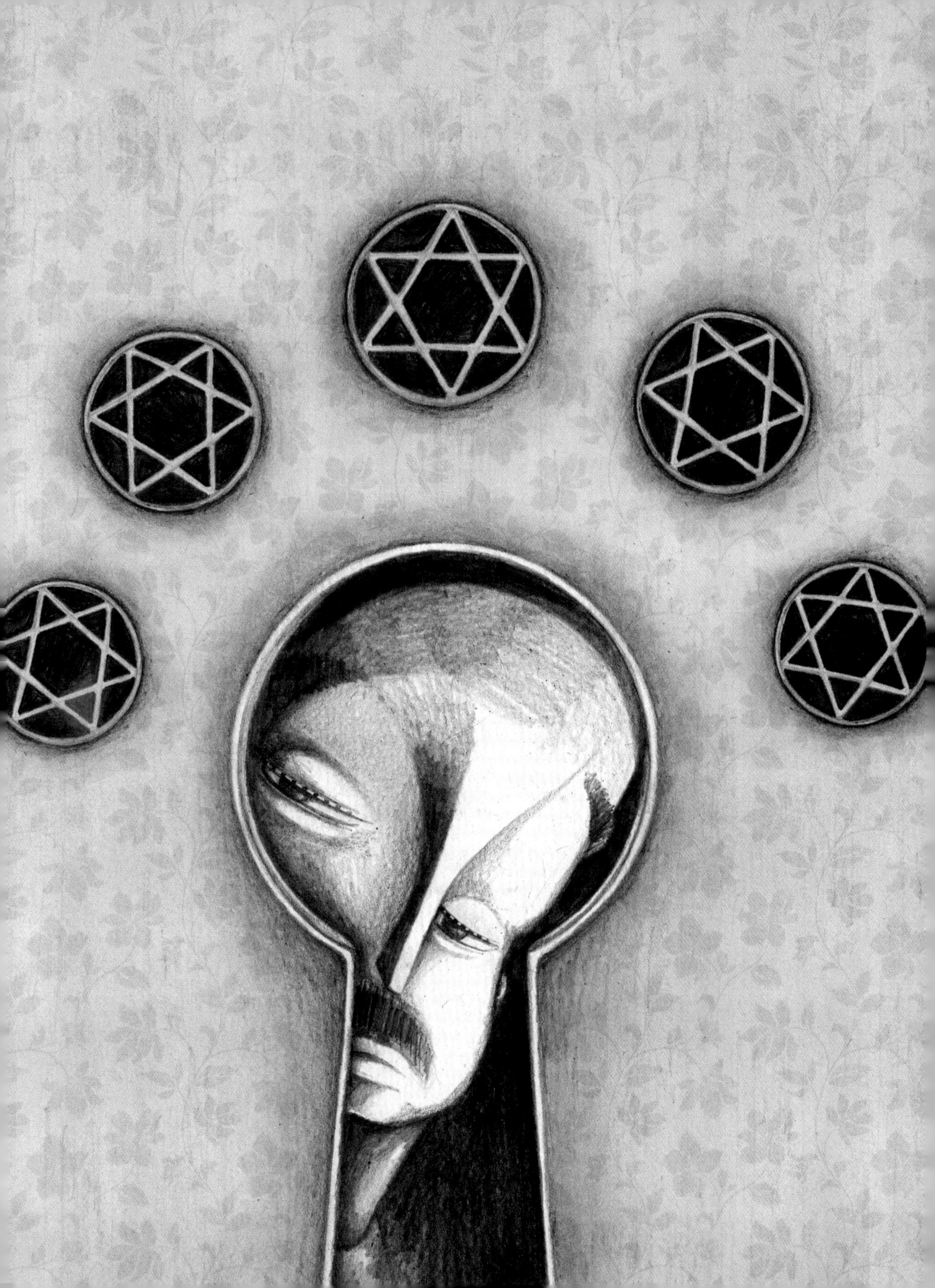

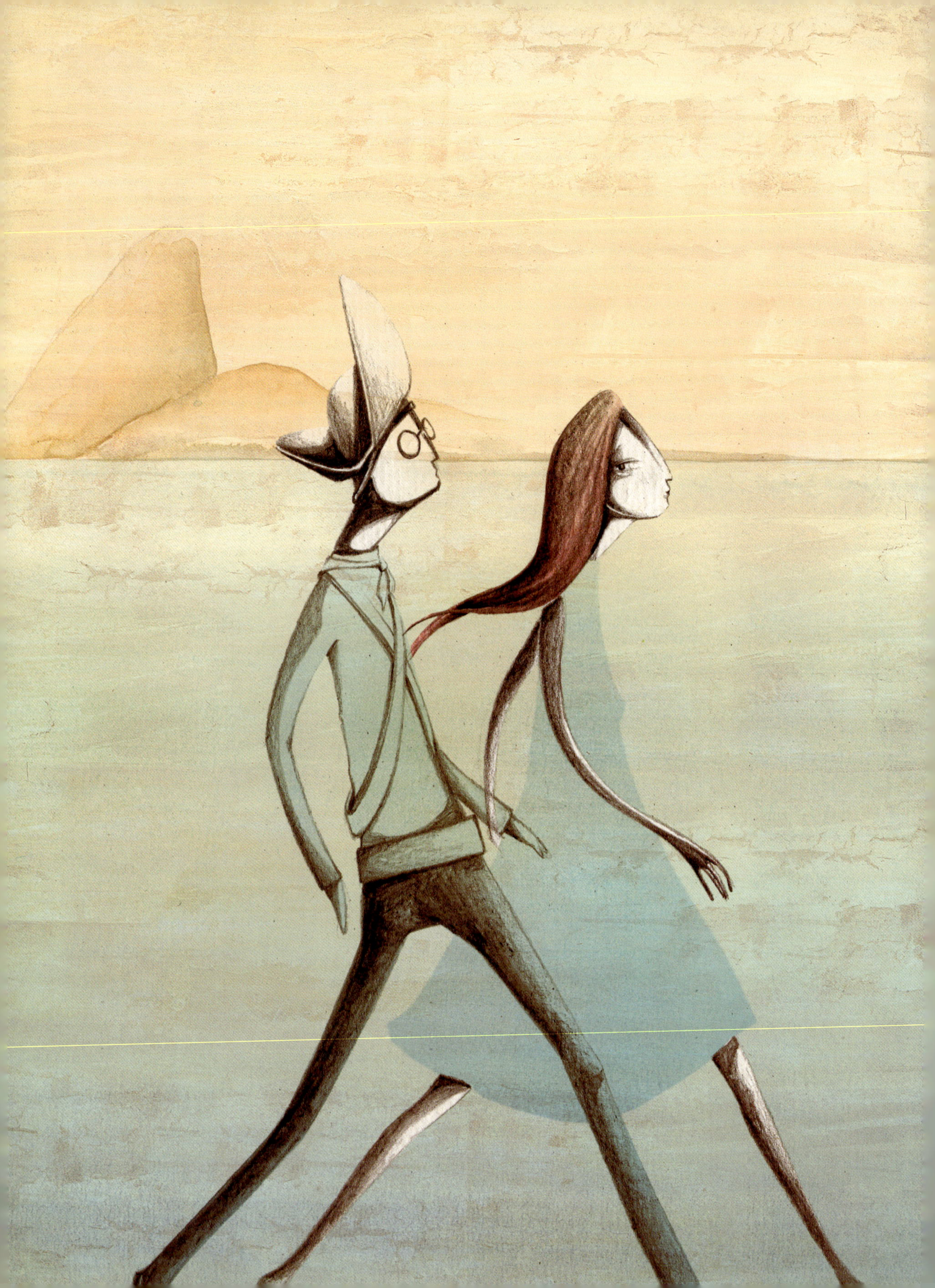

CAPÍTULO 11

ANDO NO ATERRO EM UM DIA DE SOL LINDO. O CÉU AZUL. O MAR AZUL. O PÃO DE AÇÚCAR ALI PARADO POSANDO PARA AS FOTOS. RESPIRO. FINALMENTE RESPIRO... MAS, ESPERA AÍ, QUE CHEIRO ENJOADO DE PERFUME É ESSE? ISSO É CHEIRO DE CANGACEIRO! SINTO UMA MÃO PESADA NO MEU OMBRO E ME VIRO. EU CONHEÇO ESSA MÃO CHEIA DE ANÉIS! ERA O SENHOR DOS ANÉIS! ERA ELE DE NOVO! LAMP! LAMPIÃO NA MINHA FRENTE.

Sentiu saudades, dona Helena? Não acredito! O que você tá fazendo aqui no meio do Aterro? Vixe Maria, e num pode não, é? Vai embora! Eu estou caminhando! Comecei a andar rápido e Lampião atrás de mim: Ah, mas caminhar é comigo mermo. Eu mais meu bando andamos a pé todo sertão, num sabe? Esse negócio de cangaceiro montado a cavalo é só nos filmes mermo. Dona Helena, vamos voltar pra casa? A senhora tem um livro pra entregar daqui a uma semana e fica aí perambulando como se num fosse com a senhora. Você quer parar de me chamar de senhora?! Isso me envelhece uns dez anos! Não sei o que dá nas pessoas que depois dos 30 só chamam a gente de senhora! Sim, senhora, quer dizer, sim, Helena. Não acreditei: Lampião me obedecendo?! Caramba! O que um cangaceiro não faz por uma história infantil! Mas, Helena, vem cá, isso é jeito de andar na rua? Mostrando as pernas todas? Ocê num tem vergonha não? Na minha terra, mulher que anda assim num é mulher direita não, visse? É mulher de "distrito", visse? Vem cá, quem é o senhor para vir com lição de moral, hein? Eu ando como eu quiser, na hora que eu bem entender e você não tem nada com isso! Agora desaparece da minha vida! Mas, Vixe Maria, tá assim aperreada comigo por quê? Eu venho aqui com a maior das boas intenções e é assim que ocê me trata? Algo me diz que Lampião pensa que sou boba. Parei de andar: Virgulino, presta atenção, eu não sou mais aquela tolinha de antes não. Não vou mais escrever sobre você! Acabou essa história! Procura outro autor. Eu estou fora! Chega de cultuar Lampião! Vixe Maria, mas a senhora tá braba mermo! E se nós tomássemos um banho de mar pra mode a senhora se acalmar? Como é que é?!!! Banho de mar?!!! Lá no Sertão eu tomava banho no rio São Francisco, num sabe? Mas só de madrugada, na hora que os macacos todos estavam dormindo. Essa aqui é que é a Praia de Copacabana, num é? Não. Mas eu te ponho no ônibus e você chega lá em um minuto. Dona Helena, eu faço um trato com a senhora: ocê escreve a minha história e eu nunca mais apareço. Eu lhe dou a minha palavra. E eu lá quero a sua palavra! A sua palavra não me interessa! Voltei a andar rápido: Mas, oxente, por quê? Ocê escreve e eu sumo! Parei: É a sua cara querer me corromper, né, Lamp? Você é do "toma lá da cá". Eu não vou fazer trato com você nem aqui nem na China! Tchau! Voltei a andar o mais rápido que eu podia. Comecei a correr. Lampião correu atrás de mim e me pegou pelo braço: Me diga uma coisa, dona Helena, por que diacho ocê não quer escrever a minha história? Como assim "por quê?!"? Porque você é um assassino, um facínora! Só por isso. Um cara que não fez nada, absolutamente nada para mudar a vida do povo! Você fez trato com coronel, corrompeu a polícia, matou gente a torto e a direito. Um cara que não tem nada de herói! Você quer soltar o meu braço, por favor?! Oxente, mas eu nunca disse pra senhora que eu era herói! Disse? Dona Helena, eu num posso mudar a cabeça do povo. Se eles querem um herói, eles vão inventar um herói. O povo é danado de inventar história, num é só os escritores que inventam não. Também num fui eu que inventei o sertão não, visse. A seca, a fome, a miséria, os coronéis, os cangaceiros, os cantadores, tudo isso já estava aqui muito do inventado quando eu nasci. No sertão quem mandou sempre foram os coronéis, os donos da terra. Eu num tinha as palavras pra dizer, dona Helena, eu só tinha as armas pra matar. O que a senhora queria de mim? Lá no sertão, ou ocê vira cangaceiro ou ocê vira macaco, diacho! Lampião me soltou. De repente, não sei o que me deu que me descontrolei e comecei a chorar. Um choro que não sei de onde vinha. Um choro trancado que saiu assim, sem mais nem menos, e não parava nunca. Virgulino não sabia o que fazer comigo: Mas, oxente, o que é isso agora, Helena?! Para com isso, mulher! Tá todo mundo olhando, visse! Desculpa... não sei o que tá acontecendo. Acho que é cansaço... sei lá... desculpa. Pela primeira vez Lampião teve um gesto generoso nessa história: tirou seu lenço do pescoço e me deu: Tome e pare de chorar, mulher. Parece uma bezerra desmamada. Obrigada. Acho que estou cansada, sei lá. Na verdade acho que... não aguento mais escrever sobre a vida dos outros. Não quero mais escrever biografias. Não quero fazer mais pesquisa, fichar livros, ir para Biblioteca Nacional. Queria fazer outra coisa. Sei lá... Escrever outra coisa. Acho que queria escrever sobre aquilo que não faço ideia. Sobre mim, por exemplo... Oxente, mas então por que ocê num escreve sobre a senhora mermo em vez de ficar aí escrevendo sobre a vida dos outros? Ri de Lampião. A minha vida?!! Essa é boa. A minha vida é tão normalzinha, igual a de todo mundo. A minha vida não tem graça. Não acontece nada. Eu acordo, escovo os dentes, tomo café com Lampião apontando uma arma para a minha cabeça... De repente parei de falar. Não disse mais nada. Tem horas que vem uma certeza na vida da gente. Tem horas que tudo fica claro. Sem mais nem menos eu tinha um livro na cabeça. Eu era a incrível mulher com um livro na cabeça. Comecei a rir sem parar: Dona Helena, a senhora perdeu o juízo? Uma hora chora que nem uma bezerra e agora tá rindo de quê? Lamp! Você me deu uma ideia! Preciso voltar para casa. Preciso correr. Vou escrever a minha história... quer dizer, a sua história... Não, não... a nossa história! Oxente, entonces, eu vou embora. Dei minha palavra que ia embora e comigo num tem história errada não. Mas antes vou tomar um banho de mar na Praia de Copacabana. Tudo bem, eu te ponho no ônibus. Oxente, dona Helena! Tá me estranhando?! Eu num careço de ninguém pra me botar no ônibus não! Tá bom, mas toma cuidado que tem muito assalto por aqui e você com essa roupa e esses anéis chama muita atenção. Oxente, e quem aqui é besta de me assaltar?! Eu sou Virgulino Ferreira da Silva, vulgo Lampião! É que o Rio é uma cidade muito violenta. Oxente, Helena, até parece que ocê não me conhece. Conheço. Conheço muito bem. Lampião me estendeu a mão e me olhou fundo nos olhos: Entonces, inté nunca mais, Helena. Adeus, Virgulino. Larguei a mão de Lampião e saí correndo. Uma coisa que eu não tolero é despedida.

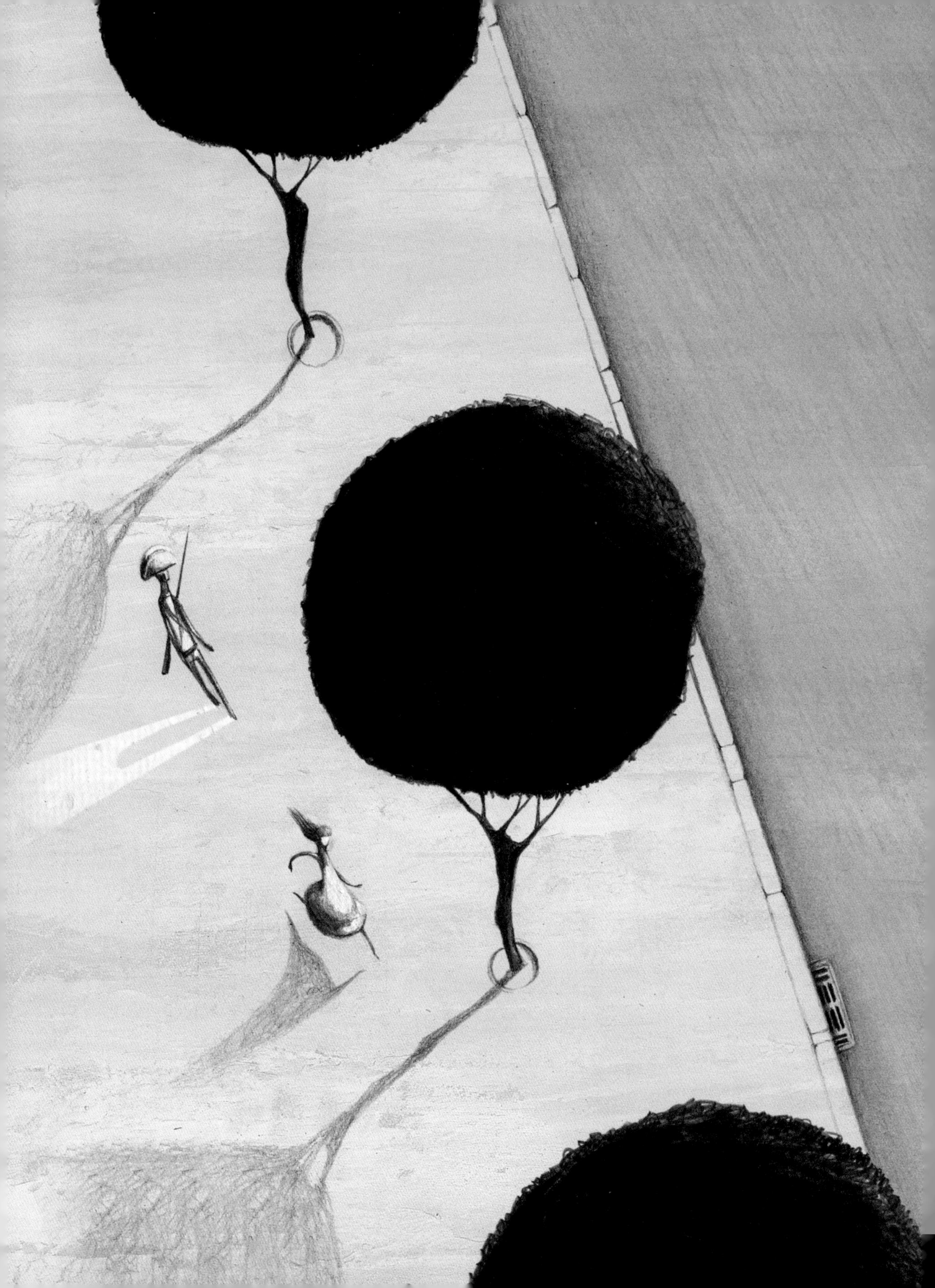

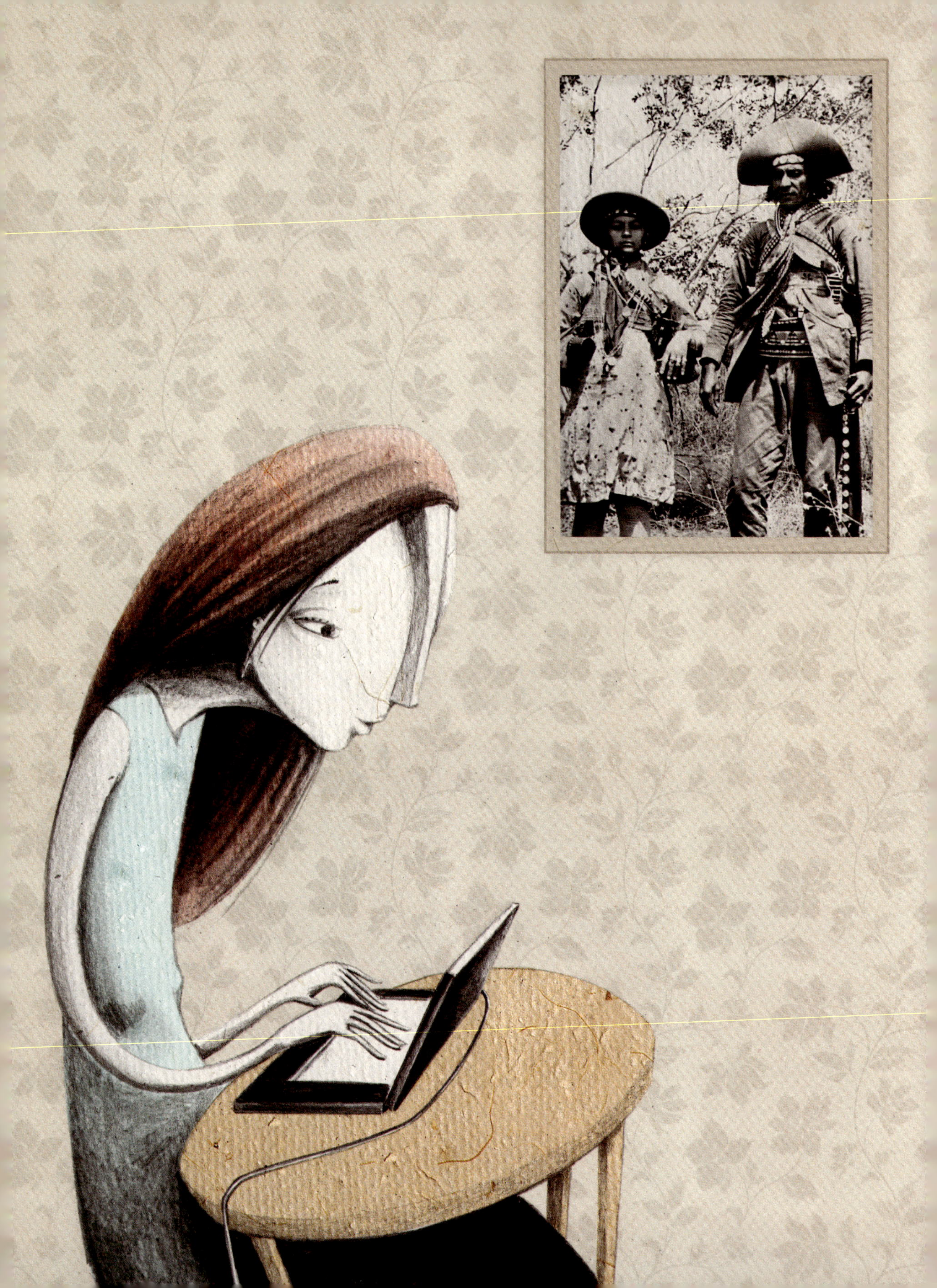

CAPÍTULO 12

DISPENSEI A MARIA. SENTO EM FRENTE AO COMPUTADOR. LIGO O SOM BEM ALTO. COMEÇO A ESCREVER.

Parece loucura mas tem uma arma apontada para a minha cabeça! Foi eu me virar um instantinho para pegar uma torrada e olha aí: eu, de camisola, tomando café com uma arma apontada para mim! Que coisa mais sem pé nem cabeça! Mas será que tem mesmo? Ultimamente não ando muito bem da cabeça. Será que estou dormindo? Talvez sonhando?

Toca a campainha. Será que é Lampião?! Mas Lamp nunca tocou a campainha, simplesmente aparecia. Queria que fosse ele. Não acredito que pensei isso! Eu tinha que estar pulando de alegria por Lampião ter ido embora de vez. Tinha que estar soltando fogos! Abrindo uma champanhe. Mas a verdade é que sinto falta dele aqui me obrigando a escrever o livro, falando o tempo todo dele mesmo. Que absurdo! Não posso sentir saudades de um cangaceiro convencido como aquele! Posso sim! Que se dane tudo! Aposto que é Lampião! Esse cangaceiro não vive sem mim. Abro a porta:

Era Frei Caneca.

Cronologia

1897 Nasce Virgulino Ferreira da Silva na Fazenda Passagem das Pedras, Vila Bela, atual Serra Talhada, Pernambuco.

1916 Começam as brigas entre a família Ferreira e o vizinho Saturnino.

1920 Morre a mãe, Maria Ferreira e, no ano seguinte, o pai, José Ferreira. Virgulino e seus irmãos, Antônio e Levino, entram para o bando de Sebastião Pereira.

1922 Sebastião Pereira se aposenta e Lampião assume a chefia do bando.

1926 Lampião se encontra com Padre Cícero e é condecorado com a patente de capitão para perseguir a Coluna Prestes.

1930 Lampião e Maria Bonita se apaixonam e Maria entra para o bando.

1934 Morre o Padre Cícero.

1937 Começa a ditadura de Getúlio Vargas.

1938 Lampião e Maria Bonita e mais nove cangaceiros morrem metralhados em Angicos, Sergipe, pela volante de João Bezerra.

1940 Corisco é morto e Dadá é presa. É o fim do cangaço.

Glossário

Arre, Arre égua — Indica raiva, impaciência.

Arretado — Bacana, legal, muito bom, excelente.

Arriado — Prostrado, caído.

Arrodiar — Cercar, dar uma volta em torno.

Avexar — Apressar.

Carecer — Precisar, necessitar.

Coiteiro — Pessoa que protegia os cangaceiros dando alimentos e prestando favores.

Emboscada — Ato de esperar o inimigo às escondidas; tocaia.

Macaco — Apelido dos soldados das volantes dado pelos cangaceiros.

Mode — De modo que.

Morador — Agricultor pobre que mora em terras de terceiros em troca de trabalho.

Kafkianamente — À maneira de Franz Kafka, autor de *A Metamorfose*.

Oxente — Indica espanto, surpresa.

Pra mode — Com o objetivo de.

Pra peste — Muito, em grande quantidade.

Peba — Reles, ordinário.

Teoria da Recepção — Teoria de análise literária que estuda a forma como um texto é recebido pelos seus leitores.

Visse — Diminutivo de "ouvisse", popular em todos os estados nordestinos.

Volantes — Grupo de policiais que perseguiam a pé os cangaceiros pelo sertão.

Xaxado — Dança masculina muito apreciada pelos cangaceiros.

Nomes

Antônio Conselheiro – Antônio Vicente Mendes Maciel nasceu no Ceará em 1830 e morreu 1897, na Bahia. Foi o líder na Guerra de Canudos.

Antônio Silvino – Manuel Batista de Moraes nasceu em Pernambuco em 1875 e morreu em 1944. Foi um dos mais famosos cangaceiros antes de Lampião.

Benjamin Abrahão – Fotógrafo e cineasta libanês que fotografou e filmou Lampião e seu bando.

Carlos Drummond de Andrade – Nasceu em Itabira, Minas Gerais, em 1902 e morreu em 1987, no Rio de Janeiro. É considerado um dos maiores poetas brasileiros.

Carmem Miranda – Maria do Carmo Miranda da Cunha nasceu em Portugal, em 1909, e morreu nos Estados Unidos, em 1955. Carmem Miranda foi uma grande cantora, da era do rádio, que virou mito no Brasil com seu estilo inconfundível de dançar e de se vestir.

Corisco – Cristino Gomes da Silva nasceu em Alagoas, em 1907, e morreu em 1940. Corisco também tinha o apelido de Diabo Louro. Era o segundo líder do bando.

Dadá – Sérgia Ribeiro da Silva nasceu em Belém, em 1915, e morreu em 1994. Mulher de Corisco.

Frei Caneca – Joaquim da Silva Rabelo nasceu em 1779, em Pernambuco. Religioso e político brasileiro, Frei Caneca participou da Revolução Pernambucana (1817) e da Confederação do Equador, movimentos republicanos que eram contra o governo português e o imperador Pedro I.

Glauber Rocha – Glauber de Andrade Rocha nasceu em Vitória da Conquista, interior da Bahia, em 1939. Cineasta, criador do Cinema Novo, foi um dos mais importantes diretores de cinema da sua geração. *Deus e o diabo na terra do sol* é um dos vários filmes de Glauber.

Heitor Villa-Lobos – Nasceu no Rio de Janeiro, em 1887, e foi um dos maiores compositores eruditos brasileiros. Villa-Lobos era um compositor eclético, se inspirava tanto nos compositores europeus, como em Bach, quando criou as Bachianas, quanto nas canções populares como acontece com os choros.

Lima Barreto – Victor Lima Barreto nasceu Campinas, São Paulo, em 1906. Ele foi diretor de cinema e escreveu e dirigiu o famoso filme *O Cangaceiro* (1953), primeiro filme brasileiro a receber um prêmio no Festival de Cannes.

Luís Carlos Prestes – Nasceu em Porto Alegre, em 1898, e foi líder da Coluna Miguel Costa-Prestes, mais conhecida como Coluna Prestes, movimento militar que exigia reformas políticas e sociais e que percorreu o país entre 1925 e 1927. Prestes foi secretário do Partido Comunista. Seu apelido era "O Cavaleiro da Esperança".

Noel Rosa – Noel de Medeiros Rosa nasceu em 1910, no Rio de Janeiro, mais precisamente em Vila Isabel. Foi um dos artistas da música brasileira mais importantes, levou o samba do morro para o asfalto. "Feitiço da Vila", "Com que roupa?", "Conversa de botequim" e "Três apitos" são algumas das suas 250 músicas que retratavam o cotidiano do Rio daquela época. Noel morreu muito cedo, com apenas 26 anos, na sua Vila Isabel. Seu apelido era "Poeta da Vila".

Padre Cícero – Cícero Romão Batista nasceu em 1844, em Crato, no Ceará. Foi um sacerdote e político muito popular no Nordeste se tornando o maior mito da região. Padre Cícero foi para o Juazeiro em 1872 e lá conquistou o respeito da comunidade, que espalhou a sua fama de santo milagreiro.

Revolta de Canudos – No Arraial de Canudos, na Bahia, houve um movimento messiânico liderado por Antônio Conselheiro, que reuniu milhares de sertanejos e foi reprimido pelo governo militar. A famosa guerra de Canudos durou de 1896 a 1897.

Sinhô Pereira – Sebastião Pereira da Silva nasceu em 1896, em Pernambuco. Foi o único cangaceiro chefe de Lampião.

Bibliografia

Chandler, Billy Jaynes. *Lampião – O rei dos cangaceiros*, Rio de Janeiro, Editora Paz e Terra, 1980.

Facó, Rui. *Cangaceiros e fanáticos*, Rio de Janeiro, Editora Civilização Brasileira, 1983.

Hobsbawm, E. J. *Rebeldes primitivos – estudos e formas arcaicas de movimentos sociais nos séculos XIX e XX*. Rio de Janeiro, Jorge Zahar, 1978.

Macedo, Nertan. *Lampião – Capitão Virgulino Ferreira*, Rio de Janeiro, 1962.

Mello, Frederico Pernambucano de. *Quem foi Lampião*, Recife/Zurich, Editora Stahli, 1993.

Navarro, Fred. *Dicionário do Nordeste – 5.000 palavras e expressões*, São Paulo, Estação Liberdade, 2004.

Oliveira, Aglae de Lima. *Lampião, cangaço e Nordeste*, Rio de Janeiro, Edições O Cruzeiro, 1970.

Filmes

Baile perfumado, de Paulo Caldas e Lírio Ferreira, 1997.

O cangaceiro, de Lima Barreto, 1953.

Deus e o diabo na Terra do Sol, de Glauber Rocha, 1964.

Noite do espantalho, de Sérgio Ricardo, 1974.

Vidas secas, de Nelson Pereira dos Santos, 1963.

Agradecimentos

Para escrever este livro contei com a ajuda de muitas pessoas. Em Fortaleza, recebi o carinho dos amigos Karla e Márcio. No Recife, contei com o apoio do meu irmão Carlos e da minha cunhada Elisa. Na casa deles, conheci a Luiza, que me deu a ideia dos e-mails entre as crianças. Ainda em Recife, entrevistei o escritor e pesquisador Frederico Pernambucano de Mello, que foi muito atencioso comigo.

Aqui no Rio, agradeço muito ao Francisco Vieira pela pesquisa, e aos amigos Andrea, Marta, Ninfa, Ana, Sônia, Alexandre, Isabel, Patrícia, Geraldo, Roberto Athayde, Roberto Guerra, Luiz Raul e aos meus pais, Laura e Cícero.